紅色降落傘

霍索夫 著

獻給我的父親　丁浩中

【自序】

《紅色降落傘》寫作源起及大綱

霍索夫

自有意識以來，擔心著父親過世的這件事，一直是我心裡的一個病。

父親與許多外省老兵一樣，因著無法以個人意志對抗的歷史因素而晚婚，而他們的對象通常是本省籍社經地位同屬下層的族群。我們很容易直觀地將當時這種本省外省弱勢族群婚配的現象歸因於同樣的歷史因素。但實際上，倘若仔細想想，去除這個因素，在一般的社會中，社經地位、教育程度相近的婚配，是一種再正常不過的現象。門當戶對一詞雖然常被賦予一些負面的意涵，如歧視或者趾高氣揚，但客觀的看，門當戶對更像是一個對社會現象的中性描述。這後面其實隱隱約約與經濟學理論相仿，有一隻看不見的手在操控。

這群人終究是要結婚的，基因有著要傳遞下去的自然驅力，除去這樣的歷史因素，這些外省老兵及本省幼妻的婚配依然會，也只能在相近的社會階級中選擇對象。但是，我們的父母親們終究還是被影響了，他們的婚姻中能真正歸責於這歷史因素的，事實上只有一個——年齡的差距。

父親的年紀，正是我心病的最大根由。

從年少時對父親的敬畏、害怕，青少年時的不耐、厭煩及至成長後對他的憐憫、同情，在不同的時期裡，對他的態度有著截然不同的轉變。然而始終不變的是，在成長過程中對他的愛以及覺得隨時可能會失去他的不安。

生在六〇年代的台灣，啟蒙後的生命歷程恰恰扣合著席捲台灣的社會運動浪潮。中美斷交、美麗島事件、黨外運動、兩岸交流等等，就像許多旅遊景點時興的紀念章，一個一個的事件在我們這代人的生命旅遊手冊中蓋上或深或淺的戳記。這個狂飆的社會背景與自我心中的不安，迫使自己在成長過程中不斷地向外張望、觀察與比較、反思。因此在這個自我小世界與外部大世界的交會、摩擦、衝突以致交融的成長過程中，我的記憶是如此鮮明而難以抹滅，經過了這麼多年依然如此。

由是，我開始寫這部小說。

無論覺察與否，作為一個人，在自我意識形成的過程中，這種內、外的衝突融合必然存在，且是一種普世性的存在，與出身背景無涉。是以我想嘗試的並非所謂的眷村文學，而是一部關於成長的小說。《紅色降落傘》就是一部成長小說。

小說採兩個第一人稱視角。

在「老大」這個「我」的敘述中，有兩個主要角色，兩個次要角色。

「我」：常常對周遭事物提出質疑，充滿好奇心。熱情善良，有著直觀純樸的正義感。在向外探求世界的同時，也不停地向內認識自我。

阿迪：纖細敏感，聰慧早熟。渴望父愛卻無法得到。紅色降落傘究竟是因他對父愛渴求太甚而不得所產生的幻覺？或者只是他策劃的一場與「我」的告別之旅，所以特意編造的一個謊言？

嘎響：因為母親在懷孕時亂服藥物影響而導致畸型及智力低下，有著令人驚恐駭怕的外貌及四肢，心思單純到幾乎只剩下生存的本能。被歧視卻不自知，但同時卻也被愛而不自知。這樣子的存在到底是幸或不幸？

黑狗小花：如同人生常遇到的一個情事，有個故意被扭曲強加卻無法解釋的名字，雖似無足輕重，但常在某些時刻有著關鍵性的舉動。

這三人一狗，因著對父親的愛以及心中的不安，開啟了一段旅程。雖然各有各的宿命，各有各的生命難題，但實際上他們也是四而一，一而四的一個生命體，暗合著佛洛伊德學說中本我、自我、超我的心理狀態。

二〇一三年底，在一個禮拜間，我寫了大約三萬字，後來因著工作的關係擱了下來。這些年對於這部未完成的作品一直耿耿於懷。

大學畢業短暫的留在台北工作兩年後，返回台中，一直任職於自行車生產工廠之外銷部門至二〇一八年，在公司因故結束台灣工廠後，自行創業。由於模具、樣品的規劃、生產過程需時甚久，因此較有空閒時間。在友人的推薦下，知道了台北文學獎有年金獎類，便將幾年前的未完成作品略作刪節，嘗試投之。雖最終未能得獎，但能在幾十位專業寫作者的競逐中進入最後決審，並進入最終輪投票，實在已經是超乎我期望的莫大榮耀。甚且，對當時預期著將要頻繁出國拓展業務，時間有限的我來說，這或許是最佳的結果。

參加了二〇一九年底的歐洲展及二〇二〇年初的東京展後，眼看著即將有一點成果時，套個老掉牙的說法——接下來的故事大家都知道了。

或許是冥冥中的安排，被捆綁在台灣的二〇二〇年，恰好讓我能有足夠的時間完成這部作品，結束這個耿耿於懷。

當年，我如同書中的主角們，帶著心中的不安及對父親的愛開始寫這部小說，遺憾的是，如今心中已經沒有了不安。

目次

目次

一

那一天，踏出分局步行前往取車時，遠方傳來幾聲低頻厚重的隆隆悶響。午後的太陽還亮晃晃地灼人，用手遮擋著陽光瞇著眼睛，抬頭望向天邊卻搜尋不到任何烏雲的跡象。

也才十分鐘左右，當車子駛出立體停車場時，天色已經陰陰鬱鬱地暗了下來。雖說生長在這亞熱帶島嶼上，早該習慣這種夏日午後的雷雨，但短短時間內天色明暗的反差還是有些不太尋常，有點駭人，我得打開頭燈才能看清前方行駛。

沿著這立體停車場所在的街廓開，繞到分局正門口時，老大和廖警官還站在門口聊著，絲毫沒有察覺我已經到了。在我輕摁兩聲喇叭的同時，雨滴也開始稀疏無序地敲擊著擋風玻璃。不知道是喇叭聲或是開始落下的雨滴讓廖警官發現我，他一邊對老大說話，一邊朝我這指了指，應該是在提醒老大該上車了。

朝著我邁了幾步，似乎是話還沒說完，老大又回過頭向廖警官比手畫腳地說著，廖警官點著頭笑著，揮了揮手，他這才徹底下了決心般朝著車子搖搖晃晃地走過來，步履有點蹣跚，顯然還是十分地醉。

中午喝得是有點過了頭。

＊＊＊

跟廖警官的餐敘純粹是意料之外。

幹我們這行的，被放鴿子、吃閉門羹，是家常便飯，司空見慣，早已不以為意。

倘若約在新竹以北，則上午、下午可以各別安排不同工作，兩不相誤。像這樣約在台中，若只是我隻身前訪，搭乘高鐵，一早從台北出發，專訪抓兩個小時，中餐在高鐵上吃便當，午後便能返抵台北，依然可以有所安排，不用空出一整個下午的時間。倘若採訪取消，那就是撿了個下午工作前兩、三個小時的咖啡廳悠閒時光。

「多雙眼睛多個保險。」老大要我告知對方他也出席時這麼說。

「有錄音檔，不怕漏吧？」我話才出口，便意識到錯了，「你是說多雙耳朵吧？」

「錄音當然可以一字不漏，不過轉瞬即逝的表情跟動作常常才是精華所在啊。」老大站在我身旁拍了拍我肩膀。

大選在即，任何風吹草動都動見觀瞻，沒準哪個芝麻蒜皮被不經意略過的信息，就暗藏著可能改變目前勢均力敵態勢的巨大能量。

老大的觀察力在圈內小有名氣，剛入行被分到社會線時，上線第一天便協助警方從火災現場的錄影中精準地辨識出縱火犯。

事後警察問他怎麼看得出來，「他的神情及眼裡煥發的光彩跟旁人都不同，很明顯啊。」這種只可意會無法言傳的心法，警察人員學習不了，也只能在有類似需要的場合時再請他協助，好在需要他的次數並不多。

「兩張高鐵來回票？這肯定不准啊，你們還是開車去好了，順便帶盒太陽餅回來。」於公於私，會計阿姨都是一把好手，但其實這也是意料中的事，在今天這種傳統媒體慘被網路打趴的狀況下，還給報支油錢就要謝天謝地了。只是如此一來，五個多小時的來回車程，就得排開一天所有的行程，才能安排這場約在台中的專訪。

***

在臨著馬路的飯店咖啡廳裡，老大癱坐在沙發中，木然地望著落地窗外，沒有焦點的目光穿過寬闊的道路以及兩旁蒼翠蓊鬱的樹木，穿過林蔭中的車道上左右間或流過的車輛。

一個五十開外，敦實矮胖，留著齊刷刷短髮的中年男子把肥短的食指豎在嘴巴中間示意我靜默，躡手躡腳地從老大後面靠近。老大端著咖啡側著頭，動也不動，像極了一座雕像，絲毫沒有察覺到後方來人。

這幅景象著實讓人發噱。

此人顯然便是老大的高中同學，廖警官。

＊＊＊

十點才剛過一分，對方的連絡人便傳來一個跪地磕頭的貼圖。

「糟糕，對方可能不來了。」

「是嗎？」

我將手機畫面擺到老大面前，「你看。」

「嗯，大概內部意見還沒統一吧。」雙手向上伸展，他伸懶腰打了個大哈欠。

任務突然解除的確會讓人放鬆。

＊＊＊

從台北開車下來台中的行程，按理應該是我開車，但由於這場採訪我拉主key，老大堅持由他駕駛並要我即使睡不著也要閉目養神以集中精神應付稍後的採訪。

恭敬不如從命。

而人真的是習慣性的動物。在床上安安穩穩睡著的時候，一隻小小的蚊子在耳邊嗡嗡作響便會立即察覺。相反地，在充滿各種雜音行駛中的汽車內睡著後，一旦停車靜止下來也常常讓人馬上驚醒。

「不好意思，我竟然真的睡著了。」喉嚨有點乾，聲音有些沙啞，坐正的同時，我趁勢抹掉嘴邊的口水。

「你啊，忐忑不安地鼾聲大作！昨晚幹什麼去了？」老大拉起手煞車，笑著說。

「沒有啦，趕稿啦。真是不好意思。」我趕忙下車。

「趕哪個稿？」老大關上車門，似笑非笑地問道。

這顯然不是個問句，我跟著笑了，「回程換我開。」

老大把鑰匙交到我手中，「廢話。」

＊＊＊

收到貼圖的幾分鐘後，果不其然，解釋傳來了，內容當然只是一些空泛的託辭。

「再敲時間，緊盯著。」喝了口水，老大拿起手機。

我當然知道要緊盯著，不過接下來的時間要幹什麼，我毫無頭緒。

＊＊＊

「幹！來這都不用提前通知的喔？」廖警官從後方突然撲向老大，使出一招勾臂式窒息固定，橫過老大脖子的左手緊扣在勾起的右臂上，將老大緊緊地穩固地鎖在他胸前。

「投降！投降！」老大持咖啡杯的右手抬得高高的，忙著不讓剩下一半的咖啡溢出，左手急拍廖警官的左臂，一陣混亂。

「臨時被放鴿子啦，不然哪有那個美國時間。」老大站起來與廖警官又是一番捶擊拉扯。

直到老大約了他高中同學——廖警官——後，我才知道原來老大是在台中出生長大的。在讀大學以前都住在台中，大學畢業後因為工作緣故留在台北，沒過幾年又將寡母接去同住，一直到現在。

這也合理說明了他的一些奇妙行為——吃麵必加一堆黏糊糊不甜不鹹不辣的辣醬，或多或少總是要反駁關於「慶記之都」的冷笑話……喔，還有，聽到我說要在交流道旁買太陽餅時的嗤之以鼻。

廖警官則是警大畢業後一直在刑事警察局服務，原本在中部打擊犯罪中心，幾年前一番外縣市的調動，前不久才又回到台中，在離這飯店不遠的分局裡任副分局長。

「走，我訂好餐廳了。」廖警官都還沒坐下，便拉著我們兩人出門，但是現在才十一點呢。

要我說，全世界最無聊的飯局，若是身為局外人處在這種老同學聚會中，那麼全世界最下酒的菜餚，就是那些翻來覆去數不盡的當年往事。這也難怪，二十多年前老大婚禮後的各種陰錯陽差，讓他們錯過了許多相聚的機會，而在此之前的匆匆一面竟是數年前一場兩人同學的告別式。

我其實並不討厭這種飯局，除了來自東道主偶爾地勸菜，免去了許多平常應酬飯局的虛應故事以及虛情假意和胡說八道。

很快地，兩瓶皇家禮炮便伴隨著他們的感歎唏噓和我手機上的神魔之塔，消耗殆盡。

知道我們並不急著趕回台北，廖警官邊向店家招手示意結帳：「到局裡坐坐，喝個茶醒醒酒。」

廖警官倒還好，但我看老大的狀況可不是一時半會兒能醒得過來。

就這樣，三人同乘一部計程車，先到分局將兩人放下，再載我到不遠處的飯店取車。

一

待我進了分局時，老大仰著頭斜躺靠在沙發椅背上，對面的廖警官兀自泡著茶，見我入座，廖警官說：「柏漢，照顧你老大，別讓他吐這了，我先去看看有什麼急需處理的事。」

「你……知道我……不會吐的……」不知道這句話是對廖警官還是對我說的，老大伸出手抓著疊放在額頭上的溼毛巾，抹了把臉，重又隨意地將毛巾攤在臉上。

廖警官笑了笑起身，告訴我洗手間的位置後上了樓。

「老大，你還好吧？」我喝了口茶，冷的。

「嗯……」

「你同學真能喝。」我再斟一杯茶，溫溫的，剛好一口飲下。

「呵……是呀，我也不知道他酒量變得這麼好，讀書的時候……」

後面的喃喃自語我根本聽不清他在說什麼。

在我再次斟滿茶杯後，茶海空了，摁了茶壺的燒水鈕，等待水開後要再次沖泡的時間裡，這才有機會環顧四周，打量這位於鼎鼎大名的台中七期高價地段的分局裡的格局設施。

突然，我注意到不遠處牆邊長條椅上的那個人。

他留著一頭枯黃蓬鬆捲曲的頭髮。沒被亂髮遮住的那半邊黝黑削瘦的臉上有一道月彎似的傷疤，從左側眉毛中間破開，將眉毛分為二段，沿著眼角深入鼻翼旁，粗大明顯的傷疤顏色與膚色一致，顯見已經留下很長的時間了。這反而讓人對沒被遮住的另半張臉更感到好奇。

仲夏時節，局裡當然開著冷氣，但是套在他身上的那件軍綠大衣，在這樣的季節裡，不管在什麼場合都顯得異常，任誰都會多看他一眼。

而無論在什麼樣的季節，這樣的容貌配上大衣、牛仔褲的造型，絕對會讓人認為他是一身汙漬的流浪漢。奇特的是，軍綠大衣跟藍色牛仔褲雖然明顯刷白褪色，卻非常潔淨。右手打橫安放在椅背上的豪邁坐姿使大衣敞開，外加翹起的二郎腿，也讓人很容易觀察到他熨燙服貼的卡其襯衫及白淨的帆布鞋。

不過，開始讓我這樣觀察他的原因並不是這身裝扮，而是他奇怪的行為舉止。

他時而偏著臉側著頭，用左手遮住嘴巴喃喃自語似的，時而無聲地哈哈大笑對著我指指點點，偶爾又怔怔地看著我這方向。

水滾了，我小心翼翼地執起水壺，朝茶壺注入熱水，用眼角的餘光瞄著，避免與他目光直接接觸。因為我發現他橫在長條椅背上藏在大衣袖子裡的右手腕上著手銬，被牢牢地銬在長條椅上，銀色手銬時不時從袖子裡露出亮晃晃的一角來。

等了一會兒，被我狠狠盯著的茶好了，我小心翼翼地將茶水注入茶海之中，眼角餘光再次小心翼翼地瞄向他時，卻發現他將左手圈在嘴邊對著我做出「喂——」的嘴型。

我趕忙再次專心地將熱水倒進茶壺裡。

見我沒理他，他動作更大了，揮著手，這次嘴形更明顯發出誇張但是一樣沒有聲音的「喂」。

這時我想起來了，「幹咧，我這不是在警察局裡嗎？我怕他幹嘛？」

我抬起頭看著他。

見我望向他，他沒發出聲音地咧開嘴笑了。

揚起雙眉，我用食指指著自己做出疑問的表情。

他連忙搖頭，指著坐在我一旁的老大。

感到狐疑的同時，我也鬆了一口氣，連忙輕輕地拍了老大的手臂。拍了幾次，老大終於動也不動地：「嗯……」

「老大，你認識那傢伙嗎？」我小聲地說。

「嗯……」老大還是動也不動，只透過毛巾與眼睛間的空隙斜盱著我，「誰？」

「那個。」我指了指坐在長條椅上的那人。

老大扯下毛巾，轉頭向他瞥了一眼，「不認識。」又把頭靠在沙發椅背上。

見到老大沒搭理他，他用更誇張的嘴形發出無聲的「啊—夫—」

「老大，老大。」拿著茶杯，我又拍拍他的手臂。

老大連我都不搭理了。

「阿福！」

突然的這一聲嚇到了三個人。

我趕忙擦掉濺到褲子上的茶水，老大立即坐直起來看著他；面向分局正門口，離我們幾公尺外背對著我們，坐在值班台上的員警，轉過頭來對他吼道：「你老實點！」

這人竟然知道老大小名叫「阿福」。

值班員警知道我們是廖警官帶回來的客人，過來跟我們致歉了兩句，轉身走向那人，邊走邊取下腰間的鑰匙。

此時廖警官走下了樓梯，經過那人時看了一眼，執勤員警正在解開那人手銬，打算將他帶離此處。

廖警官坐下，將杯中冷茶倒掉，重新斟了一杯，一飲而盡。

「那個人是誰？」老大雙肘支在大腿上，手掌摀著臉問。

換作平時，大概廖警官還沒坐定，老大就要跳起來問他，或者，去問那人。

「誰？」廖警官顯然不知道剛剛的小騷動。

我指指此時正被帶離的那人：「他。」

廖警官尚未回答。

「阿福，阿弟一直沒忘記你哪。」值班員警喝斥要他閉嘴，推搡著回過頭來大聲發話的那人，催促著他前行。

「他說什麼？」老大身體姿勢沒變，扭過半邊臉問我。

「他說，阿福，阿弟一直沒有忘記你。」

「阿弟……」老大唰地站了起來，勢頭有點猛了，一個踉蹌，我急忙扶著他，廖警官也伸出手。

我攙著老大讓他坐下，「他說誰沒有忘記我？」老大問。

「阿弟。」

「小宏，這個人是誰？怎麼會在這裡？」還沒坐定，老大便開口。

「這傢伙在別的轄區剛犯搶奪被抓，我們借提過來，看看之前一些沒破的案子跟他有沒有關，中午才到的。你認識他？」

「我認識他的話還問你啊？」老大雖然醉意仍酣，腦筋還算清楚。

「你沒得罪什麼人吧？」廖警官笑了笑，清理著茶壺裡已經沒啥滋味的茶葉。

「我得罪的人多了，但沒有這一款的。」拿起放在一邊的毛巾，老大擦了擦臉。「能不能讓我跟他談談？一下子就好。」老大壓低聲音說。

從後方拘留室走出來的值班員警恰好經過我們旁邊。

廖警官躊躇片刻，四下看了看，道：「好。」

我伸手稍稍攙著老大，跟著兩人站起來。

「讓柏漢跟著？」廖警官問，「這樣我比較放心。」

老大點點頭，輕輕撥開我的手。

二

廖警官領著我們來到拘留室，打開門放我們兩人進去時，在我耳邊低聲道：「還是要當心點。」

「好。」我輕輕地將門掩上。

約莫五坪大的拘留室裡，只有角落的一張長方桌及三張折疊椅，純白的四面牆壁沒有任何裝飾，房間不大卻顯得空蕩蕩的。

那人趴在桌上，雙手被固定在桌面上，我們進來的響動並沒有讓他坐起來。

「不是那麼快就睡著了吧？」我心想。

老大拉開鐵椅在他對面坐下：「嘿！大欸，愛按怎稱呼？」熟練地操著台語用江湖口吻問道。

他突然坐直，視線略略朝下，瞪大了眼睛看著老大，半晌不發話。

我坐在老大旁邊，趁這機會仔細端詳這人，剛才在外邊時，看他站起來就覺得他不矮，此時覺著更高了。

「大哥，您怎麼稱呼？」換了國語，老大再問一次。

他突然仰頭大笑，停止後答道：「叫我阿國仔啦！」

「我認識你？我們在哪裡見過嗎？還是你認識我？」

「我認識你，但是你不認識我。」

兩人彷彿繞口令一般。

「我們見過？」老大歪著頭：「你怎麼知道我的小名？你認識阿迪？阿迪告訴你的？」

出了社會後，名片常常交換到哪裡都不知道，事後整理收到的名片也多半是一大堆沒有臉孔的名字，老大或許在哪裡給過這傢伙名片也說不定。只是有看過可以對折成四面、印得滿滿全是頭銜的名片，但是有綽號或小名在上頭的名片倒是少見。至少老大的名片沒有。

阿國仔咧開嘴，傻笑著。

而此時，我才知道剛剛這傢伙叫嚷的是「阿迪」而不是「阿弟」。

近距離看著阿國仔才發現他的臉除了那道大傷疤，還有著許多深而細的皺紋，原本應該高挺的鼻梁，大概是斷過，稍稍向左邊歪去。咧開嘴時輕易便能看到一口潔白整齊的牙齒，幾乎會讓人惋惜那顆缺了的門牙。

「阿迪呢？他現在在哪？」

「阿迪那個膽小鬼，我就跟他說別怕，我一個人幹的……他媽的，那個臭豎仔他媽的欠我們的錢都不用還喔？幹！躲起來？還以為躲得掉。早就跟他說早晚會跟他討回來，不信？幹！欠扁。你知道我不打女人的，幹！彼咧肖查某掠巴達欲敲恁爸咧。幹，告我傷害就算了，告我搶劫？幹，拿回自己的錢叫搶劫喔？還有，我也沒有要打那個肖查某，阿迪說那個是反射動作，是正當防衛，幹！你知道我不打女人的……」

阿國仔國罵台罵熟練，流利交雜的國語台語輪番唏哩呼嚕地說了一串，沒有說出阿迪在哪，倒像是在交代案情。

「好，好，你不打女人。你知道阿迪現在在哪嗎？」

阿國仔瞪著大眼盯著老大，搖搖頭：「他不讓我告訴別人。」

細看之下，阿國仔的五官其實相當的端正，若不是那些後來的傷痕，他真的有點像那個台日混血的電影明星，更帥的那種像。

「你什麼時候認識他的？」

「……很久以前啦。喂！我不想跟你說了，你有沒有菸？」

老大搖搖頭。

「啊你咧？少年耶！」

我跟著搖搖頭：「而且這裡禁菸耶。」

「好啦好啦，沒有菸，我不想說話了。」阿國仔頭撇向一旁，趴在桌上。

我跟著老大一同站起。

走到門口時，老大突然轉身走回阿國仔前面，雙手手掌岔開支在桌面：「你怎麼會認得我？」

對啊，阿國仔認識阿迪，阿迪認識老大，就算阿迪跟他提過老大，但阿國仔怎麼認得老大？

我都沒想到這個，酒醉人清醒，大概說的就是現在這種狀況吧。

停了好一會兒，阿國仔慢慢抬起頭來，輕輕笑著說：「阿迪一直都有在注意你的消息，你寫的東西他都有在看，我認得你是因為他拖著我硬要去看你的婚禮。我都被他煩死了。」

「好了好了，我真的不說了！」阿國仔又趴回原來的姿勢。

二

回到會客區，「小宏，你有這傢伙的檔案嗎？能不能讓我看一下？」老大壓低著音量說。

「怎麼？這人跟你有關係嗎？」廖警官分別為老大及我斟滿茶。

「不是他，是他提起的一個人。」

「這樣啊……好，我來想想辦法，不過現在可能沒辦法，承辦這個案子的同仁現在不在局裡，我不知道他的卷宗放哪裡。」

「他會進來嗎？」

「一定要進來的，這傢伙不會在這裡過夜，今天問完就要送他回去了。」

「好。如果可以的話，我也想好好地再跟那傢伙談一下。」

「不過，我不確定他什麼時間會回來喔。」

老大點點頭，眼睛閉上，靠回椅背上。

廖警官大概久經陣仗，絲毫不見醉意及疲態，依然精神奕奕地與我談笑。若不是親眼所見，你會以為兩瓶皇家禮炮都入了老大一人肚中。我也趁機問了他今天放我們鴿子的這位政治人物的相關訊息，看看是否能有一些發現。「政客怕黑道，黑道怕警察，警察怕政客」，在傳統台灣地方政治裡常見的三角關係中，警察常常是知道最多祕密的一角。就算現今其中兩角常常融為一角，警察還是有著舉足輕重的情報蒐集功能，這就是為什麼中央執政當局始終牢牢掌握地方警政首長的任命權力，不肯下放的原因。

「柏漢，車子停在附近吧？你去開來。」老大突然坐起來，對我說。

我還沒問，廖警官便開口：「要走了啊？不等他嗎？還是我打個電話問他一下好了。」

二

「別，別。不好打擾他。好久沒回台中了，也不急著趕回台北，我想趁這時候去附近晃一下，你同事回來時再給我個電話。」

「沒問題。」

＊＊＊

車子才剛起步，大雨便滂沱而下。

「不用切到快車道，前面河南路右轉。」

「啊？前面那條路右轉嗎？」突然而至的大雨，讓我不得不將雨刷速度調到最大，集中注意力在路上，以致一開始沒聽清楚。

「對。」老大繫上安全帶。

「我們要去哪裡？」

「逢甲夜市你知道嗎？」

「當然啊。」

二

這十幾年來逢甲夜市已經變成全台灣最有名的夜市。國中以上的畢業旅行，只要到了中部，逢甲夜市是個必定安排的景點。就連我自己，除了學生時代的集體旅遊，出社會後偶爾路過台中或帶著女友來中部旅遊時，也一定會找個空檔到那裡走走，吃吃喝喝。

仔細想想，並非那裡有什麼特殊的名勝、美景，或者有什麼非吃不可的美食、非去不可的理由，而是新聞媒體及網路頻繁地出現「這裡必須一遊」的訊息後，自然而然地在腦中變成了一種設定。全球化的今天，全世界大概都一樣吧，所以每次到那裡也一定會看到各色的外國人，或者搭著大型遊覽車，或者拿著手機、旅遊手冊按圖索驥的搜尋著。當然，操著普通話口音的大陸人更是隨處可見。

「現在去逢甲夜市？雖然現在天這麼黑，但還沒到晚上呢，很多店應該都還沒開吧？再說雨下這麼大，開門的店應該更少吧？」

我曾經在下午逛過逢甲夜市，顧名思義，夜市嘛，當然晚上才熱鬧。雖然下午時分走在人煙稀少的文華路上，有種特別寂寥的反差美感，不過現在下著暴雨啊。

「跟那個阿迪有關嗎？」

剛剛在警局時沒機會問，但對老大來說阿迪顯然不是一個普通的阿貓阿狗。

「嗯……算有關吧，我在那裡長大的，阿迪是我小時候的朋友……。前面加油站靠邊停，我上個廁所。」

看起來廁所應該就在加油站辦公室旁，距離馬路邊只有十來米，不過這樣的瓢潑大雨即便只放下車窗一點點，雨水也會奔湧進來。我朝加油站張望著，看看有沒有能開到辦公室旁的路徑，「我開近點好了。」

「不用了，裡面車子這麼多，你開進去以後要掉頭就麻煩了。我後座應該有把傘。」老大解開安全帶，翻身到後面彎著腰翻找著。

估計老大不太常開車載人，後座堆滿了雜物。撥開一堆東西後，從最深處抽出一把長傘。

「你還行吧？」

「沒問題。」

嘴上說沒問題，但電影慢動作似的，開門、打傘、跨出、關門，副駕座上已經溼了一大片。我急忙將面紙盒裡剩下的面紙全部掏出來，吸乾快要積滿水的座椅，還好是塑膠皮的。好不容易再找著一盒面紙，將其餘濺溼的地方擦乾。

撐著那把傘，老大在灰濛濛的大雨中慢慢走著，透過下著瀑布的擋風玻璃，幾乎看不到他的身影，只見那東挪西晃的鮮紅色大傘，飄蕩在等候著加油的車輛之間。

「來，快拿去！」車門一開，我便將早已準備好的面紙遞給老大，同時幫著他拿過傘來，溼漉漉的長傘在狹小的空間中，安置有點困難。

「隨便放在後面就好，我回頭處理。」老大一邊到處擦拭一邊說。

「哇，老大用這麼高級的傘啊？」

「你知道這傘啊？」

「這不是日本的手工傘嗎？」在收拾擦乾時，我注意到了小宮商店的店名，木製手把上還刻著老大的名字。

「我哪懂這些，這把傘是去年五十歲生日時，女兒們合送……呃不，是賣，用五元賣給我的。」老大擦拭完畢，將安全帶繫上。

「她們怎麼會送你傘啊？啊，賣！」打著方向燈，我歪著頭往左後方看，慢慢要將車子駛到路上。彷彿來加油站避難似的，等候加油的車子大排長龍。

二

「她們小時候的一個暑假，我們一家人到日本去玩，在東京的街頭，同樣是個雨天，不過沒現在這麼誇張，人潮擁擠，走著走著，不知何時我跟她們走散了，也不知道是我將她們母女三人走失了，還是她們將我走丟了。反正啊，等我察覺，要回頭找人時，發現大家都撐著差不多的傘，滿街的傘，上哪去找人啊。那時手機不像現在這麼方便，一直到了晚上回到飯店我們才再碰頭，也好在她們母女三人沒散。聽我老婆說，女兒們氣得哇啦哇啦大哭，哄了好久才停。第二天，她們倆大概約好的，不管我怎麼逗，就是不跟我說話，一直到了迪士尼樂園後才跟我和好。總之，那是個敗興的一天。

「等會兒買個水。

「去年她們送這傘時說，以後打著這把傘，就不怕找不到爸爸了。

「若不是她們再提，我早就忘了這件事。」

老大長長地吁了一口氣，繼續說：「有些事情其實你沒忘，它只是被完完整整打包起來放在某個角落裡，日子久了，上面厚厚的積了一層灰，也許還有蜘蛛網，你甚至偶爾會不經意地看到它，但是你不會理它。直到有天它被打開，你發現盒子裡的東西，像新的一樣，你會感到驚訝，原來自己不只清清楚楚地記得，而且是鉅細靡遺地一件一件地清楚記得。」

我猜老大說的不是這把傘的事。

「欸，前面那個檳榔攤停一下。」

不遠處的檳榔攤霓虹燈閃爍，大雨中一樣亮眼。

「買水？不找個便利商店嗎？」雖然這麼說，我還是將車子停妥在檳榔攤前。

「這麼大雨，再整一次，受不了。這種天氣檳榔攤才真正便利，服務上門。」

二

聽到喇叭聲，檳榔西施撐起雨傘，蹬著高跟鞋踩在水面上向我們走來。

等到檳榔西施在車窗旁站定，老大才放下車窗：「兩瓶礦泉水。」

檳榔西施等了一下才點點頭，她剛要轉身，「再一包七星好了。」

「好！」

「再一個賴打！」老大放下剛關起的車窗，朝著已經走了幾步的檳榔西施吼道。

檳榔西施停了一下，沒有回頭。

「你看這雨，只買兩瓶水怪不好意思的。」老大擦了擦被雨水打溼的地方。

「一百七十五。」

「不用找了。」老大遞出兩百。

檳榔西施終於露出笑容：「謝謝。」

「現在菸這麼貴啊。」老大點起打火機，看著火苗好一會兒才鬆開手，將打火機連同七星放進襯衫口袋裡。

大雨的關係，往來的車速都不快。這個時間，河南路上的車輛並不多，等到轉入福星路時，車子更少了。

「慢點。」老大拍拍我。

這裡就算是逢甲夜市的區域了，平時從這個方向來，最好在轉進福星路以前就找停車位，再步行進夜市，但是今天這個時間、這種天氣則一點都不用擔心。我放慢車速，盡量沿著車道右邊行駛，就像旅行團的城市導覽行程般，只是今天導遊跟旅客都是同一人。

「你多久沒有來這啦？」

二

「太久了……」老大左右巡視著。

零星的幾個做吃食的鋪面，在大雨中開始著營業前的準備作業。

「前面靠邊停，別過馬路……對，就這裡。」

福星路、逢甲路交叉的十字路口的這一角，恰好內外都在裝修，我將車子緊挨著鷹架停妥，按下閃黃燈，拉起手煞車，「啊，你沒辦法下車。」

剛要放下手煞車時，「不用，不用，這裡很好。」

老大調整了椅背，坐得更直些，喝了口水。

雨刷極速左右擺動的聲音在停車時更惱人，「關掉雨刷嗎？」我問。

「好。」

靠在鷹架旁的緣故，擋風玻璃上的雨勢沒那麼驚人。

對面的麥當勞裡，擠滿了稚嫩的身影。

「啊！放暑假了。」離開校園太久，我早已經失去對寒暑假的節奏感，看到這些小屁孩們，才猛然想起。

「對呀。」老大再喝一口水，擰上瓶蓋。

看著麥當勞前騎樓裡幾個小孩的玩樂打鬧，老大說：「要聽故事嗎？」

一兩個比較頑皮的傢伙還偶爾衝出騎樓，踩著地上的積水互相噴濺。

「關於那個阿迪的嗎？」

「嗯……也是我的。」

三

天氣好的時候，早晨，如果站在逢甲大學正門前，背對著它，太陽會從你背後升起，將影子投射在正沖著校門的逢甲路上。

三十多年前，當逢甲路剛剛開通時，每天清晨，陽光越過遠方的中央山脈一路翻山越嶺，穿過當時仍然荒蕪的逢甲學院校園，最終會照在校門口刻著校名的高聳尖碑上。那時我們總喜歡猜測：尖碑的影子能有多長？當然，猜測始終只是猜測，就是沒有人曾經在破曉的時候走到逢甲路上來，真正的測量過。

「能到福星路嗎？」逢甲校門口到福星路大概有一百公尺吧，我猜。）

（「哪來的福星路？」）

那時候的逢甲這片地區還沒有開發，公車只能遠遠的繞著西屯路、文華路進逢甲。一條小溪從北邊沿著現在的福星路蜿蜒穿過逢甲路底下向南流，恰恰將我們村子與逢甲大學間我們稱之為大草場的一片低窪荒地分為東西兩半。

（「村子？就是對角裡面的那一片住宅區嗎？來逢甲這麼多次，我一次都沒走進過那裡。」）

（「對，就是那裡，我們那是個眷村。」）

雖說是眷村，卻與一般概念的眷村不大相同，不需改建。據長輩說，民國六十年代國防部提供了一個貸款專案供官士兵購地建屋，這批軍人多半是年輕時隨部隊來台。打了半輩子光棍，眼看年紀愈來愈大，終於認清事實，放棄了打回大陸、返回故鄉的希望，紛紛透過各種方法討個老婆。大家的想法應該都一樣，只有完成傳宗接代這件事，才不會愧對祖宗，也才真正算落地生根吧。

也因為如此，村里的媽媽大部分是本省人，而且多半與外省爸爸的年紀差了一大截。年紀、外貌上的差距自然造成村裡小孩稱呼男性長輩為伯伯，而對其配偶則稱阿姨的這種奇怪現象。以我住的東五弄來說，爸爸們不用說，全來自大陸各省，而十七戶的媽媽裡，兩位原住民，兩位客家媽媽，其他都是福佬媽媽，其實也幾乎就是這個小村組成份子的縮影。

三

魚骨形狀似的村子裡，一條十米寬南北走向的中央幹道將村子分為東西兩邊，由北邊算起東一弄、西一弄到最南邊的東六弄、西六弄，總共雖僅約二百來戶，卻也是整齊排列、階級儼然，高、中、低階由一弄依序往後面排，四、五、六弄屬士官兵所有。

除了房屋坪數依官階大小分配外，階級似乎也反映在孩子們的教養上。每到下課或假日時，我們後面這幾弄的孩子跟沒人管似地漫天撒野，軍官區則一片寂靜，小小的村子彷彿又在無形中區分成兩個世界。

（「原來眷村裡也有豪宅區啊。提到眷村，馬上想到的就是逼仄的小巷弄啊。」）

（「稱不上豪宅啦。」）

雖然稱不上豪宅，不過在吃完晚飯百無聊賴之際，我們這一弄的

三

孩子偶爾會玩一種按了就跑的遊戲。幾個孩子抱團走在軍官區裡，輪到當鬼的負責不預警隨機亂按電鈴，「按了就跑」，顧名思義要按了才能跑。大孩子們腿快，撒腿就能跑到看不到的人中央幹道上，如我的幾個小孩子，只能就地蹲藏在他們門前乾涸的排水溝裡。

真不知道是當時身材太小還是他們的排水溝太大。

村裡東邊的住戶因著地利之便，閒暇之餘開墾的菜園、放養的雞鴨，與自生的竹林叢散布在村子與小溪間的荒地上，沒聽說誰向誰繳了地租。小溪東邊荒草密布、灌木叢生，溪旁一棵巨大的朴樹孤挺挺的矗立著，蒼勁的樹幹因為孩子們的攀爬摩擦，樹皮顯得光滑，綿密的枝椏像觸手似的高張伸向天際。除了作為孩子們的瞭望台、鞦韆外，也在暑假期間為我們的樹籽槍提供充足的軍火。

（「就是麥當勞過去的這一大片啊？」我不置可否地看著眼前恰好亮起的四方紅燈，四個方向的車輛都停了下來，兩條大馬路交會的正方區域裡零零落落的幾個人，真正自由地向各個方向穿越。）

長到人高且密生的荒草中另有各自小團體的祕密基地，祕密基地因人數多寡，大小各有不同，但存放物品的內容則大同小異——樹籽槍、小刀、彈弓、火把、尪仔標、漫畫、偷挖來還沒烤的地瓜等，多半是在這荒地中求生存的必需品。

（「……」我輕輕地揚了下眉毛。）

為什麼我知道其他祕密基地的內容？大片的荒草叢裡，走錯是很常有的事，當尪仔標、彈珠、橡皮筋輸多了而心有未甘時，那就必須更常走錯了。

小學五年級下學期的最後一天，那天是禮拜六，讀半天。

（「你知道我們以前禮拜六也要上課吧？上班也是。」）

（「我知道，我知道，你別中斷。」）

放學回家的路隊一走到村子西側的大魚池邊上時，我便向路隊長大喊：「報告，我回家了！」

「掰掰！莎喲那啦！」隊伍裡幾個女生咯吱咯吱地笑了。我平時是不說「掰掰」的，剛考完期末考，心情好，除了報告的聲音特別宏亮，還奉送了「掰掰」。

（「還有莎喲那拉。」）

（老大瞥了我一眼：「對！還有莎喲那啦。」）

離開了拖泥帶水的隊伍之後，我小快步跑著回家。

才剛到家丟下書包，「快去洗手吃飯！」媽媽拿著抹布收拾著妹妹吃飯後的殘局。

「放暑假了嗎？」

「還沒，禮拜一還要到學校。」

那個時候學校裡的大人特別愛找學生麻煩，總不乾乾脆脆地在考完試後直接放暑假，偏要留個尾巴，讓學生們再去趟學校，囉哩巴唆交代一些不能做，但我們一定會做的事，如別去玩水、別在外面遊蕩……，以及一些必須做，但我們絕對做不到的事，像要早起、要按時寫暑假作業……等。一想起明明就該放暑假，下個禮拜一卻還要再

三

到學校，原本周末應該要有的好心情，就好像中秋節的月亮旁邊伴著一朵烏雲般，有著一絲遺憾。

「吃飽後功課趕快寫一寫，不要亂跑。」媽媽邊說邊牽著小妹上樓，準備哄她午睡。

「剛考完沒功課啦！」

「那吃飽後休息一下，上樓午睡。」

「休息以後去睡覺，那睡覺算不算休息啊？」我挑著吳郭魚的刺，小聲說道。

「啊嘸汝係皮咧癢喔？」媽媽的聲音從二樓傳來。

這種時候就是該閉嘴的時候了，否則那朵烏雲愈來愈大，到最後就會變成傾盆大雨，一洩不止。

吃飽飯，簡單地收拾過餐桌，拖著書包，心不甘情不願，啪搭啪搭地上樓，經過二樓時，媽媽壓著嗓子，從房裡傳出：「卡細聲咧，恁妹拄才睏去。」

上了三樓，我先敲敲阿萬舅舅的房門，不在。三樓就兩個相鄰的房間，阿萬舅舅住的那間房挨著防火巷。阿萬舅舅對我很好，雖然他不是我真的舅舅。

（「舅舅還分真假啊！」）

我的舅舅其實很多，我媽是個養女，三歲時就被送給結婚幾年都還沒生育的遠房親戚家，鄉下人的說法叫「悉路雞」。這個迷信也真管用，我媽過去以後，後面跟著生了六個弟弟妹妹。

「哇，大功告成！那很好啊，再把你媽送回去就好啦，功德圓滿。」

「功德圓滿？生母那邊，我媽上下共有八個兄弟姊妹！怎麼送回去？」

「那也算大功一件，伯母應該很受疼愛吧？」

「疼愛？唉……你覺得很受疼愛會被嫁給一個大她兩輪的老芋仔嗎？她嫁給我爸之前連見都沒見過我爸，嫁給我爸的時候，連一句國語都不會說，你覺得這是被疼愛的結果嗎？」

「喔，所以阿萬舅舅是老大媽媽養母那邊的舅舅！」氣氛有點嚴肅，我趕緊拉回主題。

「不是啦，養的大過天，養母那邊的舅舅當然也是真舅舅……我說到哪了？」

（「阿萬舅舅不是你的真舅舅！」）

（「對，他不是我真的舅舅。」）

我小學那時候，家裡常常會有媽媽故鄉的人來借住，多半幾天或幾個禮拜。

（「來逢甲夜市玩嗎？」我耍了個小幽默。）

（「……」老大嘴角牽動，看了我一眼。）

鄉下人質樸，社會關係網絡單純，從台西鄉下來城裡找工作，第一站便是同鄉的大姊家，我爸也歡迎。

（「丁伯伯也是鄉下人？」打鐵趁熱。）

（「你還真沒說錯。對，他也是鄉下人，從四川山裡出來的鄉下人。」）

這些沒有親戚關係的鄉親，跟我媽同輩的我就叫舅舅、阿姨，小我媽一輩的我就稱哥哥、姊姊。阿萬舅舅就是這樣的舅舅。

不過他不是出來找工作的，他考取逢甲學院，陰錯陽差，學校宿舍沒安排上，起初只是想先頂著借住一陣子，但人生地不熟的，大一新生事情又多，再加上當時逢甲這一帶民家的學生宿舍，蘿蔔比坑還多得多，很難找到合意的。

過了兩個禮拜，我爸同我媽說：「就叫阿萬住這裡吧，別再找房子了。」

「啊房租要怎麼算？」

「收什麼房租，鄉里鄉親的。」

「啊不收房租，他不會住的啦。」

「……那就讓他教教兒子功課抵租金好啦。妳大個肚子，我又常常不在，家裡多個人照看，我也比較放心。」那時候我爸還沒退伍，小妹也還在媽媽的肚子裡。

就這樣阿萬舅舅住了下來，雖然沒收他租金，但每次開學時，他從台西帶來的花生、地瓜多到媽媽分送鄰居以後，我們家連吃幾個月還吃不完。

有回吃飯時爸爸跟媽媽說：「看起來我們還得補貼阿萬租金才是。」我當時心想：「就把花生地瓜補貼給他吧！」我吃到怕了。

我跟阿萬舅舅相處最密切的時候，就在他剛來的第一年。雖然之後的幾年裡，偶爾他也會帶我參加他們的園遊會、運動會，喔，還有

三

在他們學校舉辦的資訊展。

（「資訊展？那個時候就有資訊展了啊？」我想起展場上那些穿著清涼、濃妝豔抹的辣妹。）

（「有啊。」）

那時年紀還小，根本記不得到底展出了哪些東西，唯獨一件，我記得一清二楚——在小小的螢幕上，一個綠色的橫線光點從左上方朝右邊水平一格一格地移動，這是飛機。螢幕下方有一個固定的正方形光點，這是敵人目標。你要抓好時機，按下桌上的一個按鍵，這時飛機會釋放出一個小點。

（「這是炸彈！」）

（「對！」老大笑了。）

時機抓得準的話，拋物線下墜的炸彈便能準確地擊中敵人。

（「有這麼好玩嗎？記得這麼清楚。」我瞄了一下手機上的神魔。）

的確是個單調而無聊的遊戲。但是新鮮啊，大家都沒看過，等候的人大排長龍。那一次排在人龍裡等著玩這遊戲時，阿萬舅舅試著想再把我扛到他肩頭上時，他扛不動了。他摸摸我的頭說：「阿福長大了，舅舅扛不動了。」

阿萬舅舅住下來不久後，小妹出生了，等到媽媽坐完月子，揹著小妹，帶著大妹，到小麵攤幫忙洗碗，還幫附近租房子的大學生洗衣服，從早到晚忙得不可開交。媽媽不願意讓我跟柴頭那些大孩子們胡混，不准我離開家裡，精神放在我身上的時候多半也就是修理我的時候，阿萬舅舅看不過去，所以一有機會他就帶著我往外跑。

「他一直都扛著你啊？」

也不是一直都，準確來說是從中美斷交開始的。

「啊？中美斷交？」

中美斷交的時候，在逢甲學院圍牆外面的文華路上，人山人海，擠滿了示威抗議的學生，阿萬舅舅帶著我看熱鬧怕我被擠散，一把將我抓起來，扛在他的肩上。阿萬舅舅跟著遊行學生和圍觀的群眾唱歌、呼口號，我也跟著阿萬舅舅呼口號。阿萬舅舅家裡務農，身體很結實，高高地坐在他的肩上，雙手把著他的額頭，我感到很安穩而且看得又清又遠。逢甲學院的圍牆牆頭上插了滿滿一排隨風飄揚的國旗，牆壁上貼滿了各式各樣的布條、海報，雖然那個時候斗大的字還識不得一籮筐，但圖畫我是看得懂的，一個大鼻子的外國人張開大嘴邪惡地笑著，一堆花生不知道是朝他嘴巴飛去還是從他嘴巴飛出來，我那時心想：「這傢伙花生難道吃不怕嗎？不知道他喜不喜歡地瓜？」

從那次之後，我常常坐在阿萬舅舅肩膀上，在逢甲校園裡面到處晃。

（幾個小女生在麥當勞叔叔人偶旁輪流做出各種表情跟麥當勞叔叔合影自拍，大概是正用著什麼特效軟體，只見她們時不時的圍成一圈對著手機笑成一團。）

不是說讓阿萬舅舅教我功課嗎？我們小學一二年級那時候哪有什麼偉大的功課？作業也不多，三兩下就寫完了。剩下的時間，一開始阿萬舅舅還會特意從報紙上找些適合我的文章，帶著我讀。漸漸地，直接叫我先讀，遇到問題再問他。等到我升上高年級以後，他跟我說因為他要常常待在實驗室，所以讓我不用管他在不在，隨時都可以到他房裡自己找書。

三

看阿萬舅舅不在，我便先回自己房間，放下書包，打開窗戶，換好衣服後，再到隔壁阿萬舅舅房裡找書。阿萬舅舅房間裡書很多，就是沒有漫畫。我們那時最屌的就是偷帶課外讀物去學校，最受歡迎的當然是像小叮噹、老夫子這些漫畫，再不濟，動物百科自然百科也行，我也喜歡動物。但是阿萬舅舅就是沒有這些我真正愛看的，非但沒有而且阿萬舅舅的書還常常書名跟內容不符。

（「不是你想的那種。」老大看了我一眼說道。）

我那天挑了兩本，一本應該是關於動物的《美麗鳥》，一本我以為是在教人打牌的《阿Q正傳》。

（「噗！」的一聲，我把剛仰頭喝的一口水都噴在了方向盤上。）

當時的我的確是這麼想的。

那時剛剛從鄰居柴頭他們那裡學會撿紅點，ＪＱＫＡ是我唯四認識的英文字母。

躺在床上，翻著書名跟內容全然無關的書，完全看不懂，沒翻幾

三

頁便放棄，看著窗外的天空發呆，不知道是哪家電視裡的平劇，從遠處咿咿呀呀地隨著一陣涼風徐徐地飄進來，幾隻鴿子不知在誰家屋頂時不時發出咕嚕咕嚕低沉的聲音，偶爾伴著逢甲學院傳來的淡淡的鐘聲，根本就是一支強力的催眠曲。

我對抗著沉重的眼皮，告訴自己：「不能睡著，再撐一下！」

撐了好一會，輕輕打開房門，從樓梯口探頭，屏住呼吸張開耳朵，探查著樓下媽媽房間裡的響動，只聽到電風扇規律的「卡～嗒！卡～嗒！」，依照以往的經驗，她應該已經睡著。小心地關上門下樓，右手握著扶手踮著腳尖，走在樓梯間，聽到媽媽細細的鼾聲，繃緊的神經頓時輕鬆了一半。接下來的關卡還有兩道，出入客廳的紗門是最大的挑戰，你得將它朝著樞紐的方向用力壓住再慢慢地往外推開，出門後還不能放手，要緩緩地施著力跟彈簧對抗，輕輕地將紗門請回原位，否則彈簧將紗門拉回時，在這種夏日的午後，那會是驚天巨響。

終於，我輕輕地關上院子的紅色大門。又一次越獄成功！

四

「飛呀，飛呀，小飛俠……」我張開雙手哼著歌快步朝大草場的方向走去，目標是那棵大朴樹，夏日午後躺在大朴樹上，是至高無上的享受。

經過啞巴家時，啞巴正坐在她家門口的圓板凳上，沒有表情地斜著眼看著我。

「阿姨好！」我慢下腳步，朝她輕輕地鞠了個躬。

雖然我們五弄的小孩都怕她，和她有著很深的過節，不過我爸嚴格規定我對人一定要有禮貌，特別是對長輩，所以平常的日子裡該有的招呼還是要打，該有的禮貌還是要有。否則，萬一她向我媽告狀的話，我就慘了。

她向我招招手，作勢要我過去……

（「不對。告狀？她不是啞巴嗎？」我恍然大悟，「啊，她用寫的。」）

（「寫什麼啊？她會不會寫，我不知道，但是我知道我媽不識字啊。」）

（「那她怎麼告狀？」）

（「我哪知道啊。」）

（「你試過？」我促狹問道。）

（老大緩緩地點了點頭。）

四

啞巴不會說話大家都知道，我們也都理所當然地以為她聽不到，呃，不，也不算理所當然，因為有時候一些比較凶惡膽大的孩子會朝她說些難聽的話，但從不見她有所回應。

我其實問過我媽啞巴為什麼會變成啞巴，她說啞巴是因為小時候發燒所以變成啞巴。喉嚨會不會燒壞我不曉得，不過那個時候所有的不正常，我媽通通都用小時候發燒來解釋。媽媽這樣告訴我以後，可能變成啞巴也成為我最擔心的事情之一，我常常因為功課寫不完而向老天爺拜託，希望隔天能夠感冒發燒，好讓我名正言順地不用上課。

有一回住在啞巴隔壁的小毛跟大家說啞巴聽得到。問他怎麼知道時，他支支吾吾地說聽到從她家傳出來收音機的聲音。大家都認為聽收音機的人絕對是她老公，都說小毛在亂吹牛。就在小毛漲紅了臉一口咬定說他敢發誓他親眼看到啞巴在聽的時候，突然有人說：「你偷看啞巴幹嘛？」另一個不知道是誰的馬上接口大喊：「啊！你想偷看啞巴洗澡！」只見兩人馬上打成一團，直到柴頭將他們分開。為了證明小毛的情報真假，於是柴頭他們便策劃了一場「雷霆行動」。

村子附近有兩個菜市場。可以走中央幹道往南穿過六弄後面的一片雜木林，再沿著逢甲路到逢甲學院旁邊另一個眷村裡面的市場。也可以朝西，走西四弄，經過大魚池走到西屯路上，到西屯國小旁邊的菜市場。村裡的大人們除非要買一些道地的外省吃食，如槓子頭或大饅頭，才會到大鵬眷村的菜市場，否則多半到近得多的西屯菜市場。啞巴沒有孩子，生活很單調行程很固定，在柴頭和老皮輪番的跟梢調查下，很快便摸清楚她的行蹤。

她單打雙不打，固定只在每周一、三、五早晨洞八洞洞出門，到逢甲學院旁邊的菜市場裡向幾個固定的攤販買菜，而且準時在洞八五拐時穿過雜木林，走回村裡。

(「這麼精準啊？」當過兵的都知道洞八五拐就是八點五十七分的意思。)

(「精準個屁！一群爸爸是軍人的小鬼，假裝自己在搞諜報行動。我還特地跟阿萬舅舅借了他的手表。」看得出老大在憋笑。)

(「借表幹嘛？」)

(「對時啊！他媽的，有個傢伙實在搞不到手表，只好用原子筆在手上畫了一個。」老大終於忍不住。)

我們提早半小時埋伏在林裡，初夏的雜木林裡蚊子四處飛舞，多到嚇死人，叮起人來毫不留情。但是柴頭不准我們拍蚊子，他說餓了一個冬天的蚊子當然凶狠，但我們要有覺悟，為了反共復國的革命大

四

業我們必須得忍，不能「打蚊子驚啞巴」。

後來過了幾天我洗澡時突然想到，如果我們拍蚊子被啞巴發現，那不就證明她聽得到了嗎？白白便宜了那些蚊子，真蠢！

（我頷首表示認同。）

我們藏身在樹林裡屏息看著啞巴提著菜籃，慢慢地經過，在她走過以後，柴頭躡手躡腳地伏著身子，在她後面點燃一個鞭炮。我摀著耳朵雙眼盯著啞巴的背影，鞭炮炸響了，但啞巴卻聞風不動，持續慢慢地往前走。大家便衝出雜木林，朝啞巴大喊亂叫，叫來叫去就是「臭啞巴」、「醜八怪」……等，一些小孩子吵架時互罵的字眼。這時候柴頭推推我：「你怎麼不罵？」

我其實不敢，但我咬著牙挺起胸膛說：「你們罵得這麼無聊。」

小毛在旁邊說：「你不無聊你罵啊。你不敢對吧？」

我不知道哪根筋不對，開口一邊亂跳一邊大聲唱：「啞巴揹著洋娃娃，走到魚池來看蛙，娃娃不會叫媽媽，池塘的青蛙笑哈哈。」

這當然不是什麼深思熟慮的曠世名作，就只是順著原來的歌詞韻腳，胡亂將同韻的詞置換到歌裡，但是大家笑得東倒西歪，我一時也頗為自得。

在大家故意張狂誇張地笑著的時候，我似乎看到啞巴停了一下。我突然覺得她有點可憐。

四

當晚，吃完晚飯後不久，我躲在二樓聽啞巴在家門口咿咿啊啊地跟媽媽「說話」，寂靜一陣子後，媽媽臉色鐵青地進門。知道大事不妙，我很乖覺地早早洗澡上床睡覺。等到媽媽哄了妹妹們睡著以後，她把我叫到一樓客廳裡。客廳地板上放著一個早早準備好、水裝了一半的臉盆。她要我跪著，將臉盆頂在頭上，然後問我：「你知道魯阿姨為什麼從不走大魚池那邊嗎？」

我當然不知道啞巴是有過孩子的，更不會知道啞巴的孩子就是淹死在池塘裡的。

媽媽問：「你該不該打？」我點點頭。

媽媽常常修理我，每一次我都要大聲求饒喊疼，喊得愈大聲愈能吸引鄰居大人們前來救駕，但是那天我一聲不吭。

（老大抿了抿嘴唇。）

（「但是伯母到底是怎麼知道啞巴告的狀啊？你有沒有問過她？」）

（「沒有。」老大拭著眼角笑著說：「對啊，今天回家我問問她。」）

（「所以小毛說得沒錯，現在大家都知道啞巴聽得見了？」）

（「嗯，小毛說得沒錯，但還是只有我知道啞巴聽得到。」）

（「現在啞巴叫你過去幹嘛？也要揍你？」）

（「不是，雷霆事件離這天很久了。」）

看到啞巴招我過去，我停下來走了過去，雖然已經跟她祕密和解了，但我還是有點緊張。她轉身向家裡頭「啊！」了一聲，不一會兒她老公拎個塑膠袋出來。

「魯……魯伯伯好。」我更緊張了。

魯伯伯早早就從部隊裡退役了，平日開計程車，多半一早便出門很晚才回家，我們很少看到他，此刻與啞巴比肩站在我面前，顯得又瘦又小，不但明顯比啞巴矮一個頭，簡直跟我差不多高的樣子，他提起袋子說：「給你，拿去！」

四

我嚇壞了，急忙說道：「不用了！不用了！」連謝謝都忘了說。

那是一袋球。

雖說我們這弄的孩子很野，整個村子跟大草場都是我們的遊樂場，但是最常玩樂的地方還是我們這條巷弄。跳格子、玩全家福開關——這是陸軍；打滾地棒球、跳橡皮筋——這是空軍陸戰隊，我們自己發明的新軍種；還有空軍——打羽毛球、躲避球。其中風險最高的就是羽毛球和滾地棒球，這風險並不是會打破玻璃——這種小事我們有十足的把握不會發生——而是球落入惡魔黨總部，對，啞巴她家的院子裡。一旦落入，就別想再把它拿回來了。

也有人求過他爸媽去跟啞巴把球要回來，但不知道他們是嫌跟啞巴溝通麻煩，還是希望我們就這樣放棄在巷子裡打球，總之，沒有誰曾經把球拿回來過。

在這幾天之前，為了一顆球，魯伯伯跟臭皮的爸爸才大吵了一架，幾乎動了手。

不過這件事發生的時候我不在現場。

根據小毛的說法，當天臭皮的球飛進了惡魔黨總部，一起玩的小伙伴們跟往常一樣預備放棄，準備換玩其他遊戲。但是臭皮死活不肯，說那顆球是他生日時，叔叔送的全新的球，上面有太平少棒隊王耀新的簽名。

（「順便跟你說，前一年台中太平少棒隊得到威廉波特少棒賽世界冠軍，王耀新在遠東區選拔賽對南韓主投時，投出完全比賽還打出一支三分全壘打。」）

所以臭皮這次不依不饒，也不管啞巴能不能聽到，拚命在門口叫喚，還拿木棒不停地在啞巴家門上敲。

（「他捨不得球，倒捨得球棒，也不怕敲壞？」）

（「誰說那是球棒？沒人買得起球棒，我們都是撿大小合適的杉仔箍充當球棒的，誰買得起那玩意兒啊。」）

這時眾人都閃得遠遠的，沒人靠近地預期著什麼事發生。果不其然，就在臭皮愈敲愈大力的時候從院子裡潑了桶水出來，淋了臭皮一身。根據小毛的說法，那桶水攙了尿，也許也是根據小毛的說法，所以臭皮哭著跑回家跟他媽媽說啞巴用尿潑他。然後兩家四個大人的大戰便開始了。我真恨當時不在現場，只能聽小毛繪聲繪影，什麼「他罵他天殘配地缺啦，他罵他拐瓜配劣棗啦……」，說了一堆。

（「他說了一堆，你只記得這兩句？」）

（老大摸了摸頭：「我因為這兩句，頭上挨過我老爹一個爆栗，所以記得。」）

一直到有大人去叫了自治會會長石伯伯來，好不容易才平息了紛爭。

也許就是因為這個事件，所以魯伯伯才要出清這袋子球。

「拿去，這是你魯阿姨說要給你的。」魯伯伯將袋子舉得老高，「啊啊啊……」啞巴在一旁附和認同。

我沒再拒絕，拿過袋子，深深鞠了個躬：「謝謝！」然後快步離開。一走到五弄尾我便拔腿飛奔，直到小溪畔才停下來，不知道是因

四

為緊張、開心或只是因為跑得太急，很喘，站在溪邊深呼吸幾口氣，讓突突的心跳緩和下來。

幾隻蜻蜓在溪旁的蘆葦叢間飛飛停停，水面粼粼的光影閃動，潺潺的溪水裡，可以看到一群一群的小魚變換著隊形在水草飄舞的溪裡突進，這條小溪是村裡孩子們夏天的水上樂園。不過，這時間太陽還太曬人，不是玩水的時候，我只想趕快去占據大樹上瞭望台最好的位置。

小心踏過我們用木條板模搭成、橫跨小溪的便橋後，隨即來到樹下。

「阿迪！阿迪！」我騰手挪腳地往上爬，一邊叫喚著已經躺在平台上的吳艾迪。

（「這就是剛才那個人說的阿迪？」我問。）

（老大點頭。）

「你知道啞巴剛剛給我什麼嗎？」我踩著斜倚在樹幹上的簡陋木梯往上爬，先將手上那袋球甩上平台，再用雙手撐在平台上，右腳搭上，使勁翻起，坐在平台上。阿迪被那袋球甩上平台發出的聲音嚇了一跳。

「愛的禮物嗎？」阿迪坐起，揉揉雙眼，雙手向上伸個懶腰。陽光穿過濃密的葉子，碎花似地落在他微捲的頭髮和白皙的臉上。

「放屁！」

四

每年村裡的中秋晚會上，這首鳳飛飛的〈祝你幸福〉，必定會在台上被唱好幾次。小孩子們則把它用在惡作劇上。在有人踏入大草場中小徑上放著狗屎的陷阱時，躲在一旁的我們會探出頭來齊聲高唱：「送你一份愛的禮物，我祝你幸福……」

「她給我這袋球耶！」我雙手提起袋子。

「她想收你當兒子喔！」阿迪盤坐著笑道。

我注意到阿迪雙眼大概是因為剛睡醒的關係，紅紅腫腫的。

「你少亂說啦！」雖然我知道不可能，不過啞巴沒小孩，多少有點擔心，再想到魯伯伯也出面了，可能性好像又更高了，更加地擔心了起來。

「下次球再飛進去，你負責去跟她要！」

「幹啦！」我從袋子裡抄起一顆羽毛球丟向阿迪，他沒閃，羽毛球打在他潔白的制服上後，落在書包上。

「你沒回家喔？」

「沒。」

「吃飽了嗎？」

「嗯，一包王子麵，一罐養樂多。」

我有點羨慕。

吳阿姨因為要工作的關係，每天都留給他二十元吃飯。

「下次吃王子麵時，留一點請我吧！」只有在我爸從部隊回來時，才能從他那裡拿個幾塊零用錢，然後總是在隔天買零食一次花光。乾泡麵的滋味實在太吸引人了。

阿迪微笑著點點頭，「左輪手槍，一言為定。」習慣性地將左手大拇指翹起，收起無名指跟小指在胸前朝右邊比個手槍的形狀，然後彎曲充作撞針的大拇指，擊發。

紅色降落傘

五

暑假過後阿迪要上國中了，雖然大我一年，但蒼白的他還矮我一點，跟我站在一起，不認識的人常以為我才是要上國中的那個。他也會跟著我們胡鬧，不過話總是不多，特別是在人多的時候更顯沉靜。上學期第一次月考以後，他才搬到我家斜對門來。

剛搬來時吳阿姨常常都要加班，很晚才會回家，常託我媽幫忙照看阿迪，因此阿迪經常在我家吃晚餐、寫功課，等到他媽回家才將他接回去。

一開始我對阿迪有很深的敵意，因為經常待在我家的結果，他變成我媽管理我的一個指標。在他來以前，我寫完功課便到處亂跑，不是在大草場的某個角落裡，就是在大魚池那邊看人釣魚、游泳，海闊天空，好不自由。

阿迪來了以後，每次寫完功課要出去，我媽便會問：「啊你怎麼都一下子就寫完了，人家阿迪為什麼都一直坐在桌子前？」

只要阿迪在我家，我寫作業的地方會從自己的書房改到客廳的餐桌上，媽媽說阿迪可以教我功課。

「他六年級功課多，我五年級功課少啦！」

「騙肖耶，他又沒在動筆，也不是在讀學校的課本。」

我只要想占老媽不識字的便宜便要吃大虧。好在有外人在，媽媽下手輕些，通常只判緩刑。幾次以後，阿迪也察覺到我的敵意了，於是他會在我開始騷動坐不住的時候，跟我媽說：「阿姨，我寫完了，可以跟阿福出去玩嗎？」

真奇怪，只要是他提出來的，我媽便會笑咪咪地一口答應。

當然，他並不是真的要跟我一起去玩，一出我家大門他就會回到自己的家，我們講定在我要回家前先去他家把他叫出來，再一道回我家。

有一次，我忘了先去叫他，自顧自地進了家門，媽媽問：「阿迪咧？」我腦筋還沒轉過來時，「阿姨我在這。」阿迪在院子裡輕聲喊道。

從此我開始覺得阿迪有點講義氣。

但一直到元宵節那天晚上之後，我們才真正變成最好的朋友。

五

還算過年期間的元宵節，阿迪的媽媽也要加班。

三兩下扒完晚飯，我迫不及待地對著廚房喊：「媽，我們吃飽了，剛開學沒有功課，我們要去提燈籠了。」大妹和小妹在餐桌上一邊玩著沒有蠟燭、我事先幫她們刻好的蘿蔔燈籠，一邊慢條斯理地吃著飯。

「還有一條魚還沒上，你們就吃飽了喔？」媽媽還在廚房裡面手忙腳亂熱火朝天。

「對啦，阿迪也吃飽了啦。」

「喔！那要小心喔，不要去跟人家去玩火把放沖天炮嘿。」

「喔，好啦！」

出了家門，循著往例，阿迪要往他家走，遠方已經有零星的沖天炮聲音傳來。

我開口叫住他：「欸，要不要一起去玩？」

阿迪回頭說：「我還有功課……」

「喔，隨便你。」中央幹道上也開始出現提燈籠的身影了。

五

「等我一下！」阿迪進去放下書包。

阿迪跟在我後頭，「咦？不是去大草場那裡嗎？」

「不是，今天要到別的地方。」我順手將克寧奶粉燈籠交給阿迪。

「你知道逢甲學院前面的碉堡吧？」

（「碉堡？逢甲大學前面有碉堡？」我伸著脖子無法置信地往逢甲大學看過去。）

（「很久以前就拆掉了，就在那攤大腸包小腸的斜對面。」）

「去年元宵節，我們在逢甲路上跟大鵬三村的人打仗，在碉堡那裡用沖天炮互相攻擊，今年柴頭跟他們約好再戰。」

「喔……」

看到阿迪突然有點緊張的臉，我有些得意。

來到雜木林時，柴頭他們已經整好裝準備要出發了。

「阿福你也太慢了吧……咦，吳艾迪也要去嗎？」小毛喳喳呼呼地，一副迫不及待躍躍欲試的猴樣。

「這很危險喔。」小毛臉快抵到阿迪鼻子上了。

「走，出發！」柴頭交給我浸過煤油的一塊布，拽著小毛走出雜木林，然後用火柴點燃了他手中的火把。小毛跟魚貫走出去的其他人一個接一個地用柴頭的火把點燃各自的火把。柴頭將火柴盒丟給我，對我們喊道：「你們兩個趕快跟上來，我們先去占位子。」熊熊的火焰波浪般映在他臉上。

雜木林裡小徑很多，我熟門熟路地在其中一條小徑深處的竹子叢裡取出一個塑膠袋包著的鐵盒，和一段竹子。

五

在將煤油布塞到竹段頂端時，我對阿迪說：「你明年再用火把嘿。」竹子火把是我們早在幾天前便依照個人體型預先準備好的，臨時沒有辦法再搞出一支來，雖然阿迪是我找來的，可是我怎麼可能提著克寧奶粉罐去打仗？

懷著些許的愧疚跟補償之意，我先幫阿迪點起克寧奶粉燈籠裡的蠟燭。

出了雜木林，走在田埂上時，可以看見遠遠的一排火炬在逢甲路上昏黃的路燈下緩緩移動。

「你不用火把嗎？」

「我要到了以後再點，可以燒比較久，這裡有你的燈籠就夠亮了。」

稻田都收割了，乾旱的田裡只剩整齊排列的稻茬和等著開春後要燒掉的稻稈，我左手夾著一鐵盒的沖天炮，右手拿著沒有火的火把，囂張地快步走著，阿迪在後頭緊貼著，照亮我跟前的田埂。

「去年我的火把一下子就燒完了，最後要大反攻時，我根本看不到，跌得夠慘的。

「本來我們應該會贏的，大鵬的人一直沒辦法占領碉堡，而我們的沖天炮還剩下很多。柴頭準備要派人衝去占領碉堡的時候，鄧鰲把他那排沖天炮的竹條全部折斷，一次點燃，說要給他們來個火鼠陣，誰知道其中一枚老鼠炮向我們自己射過來，在我們基地爆炸，小毛嚇得扔下了火把，剛好掉在我們的彈藥箱上，一次點燃我們所有的沖天炮。看到我們這裡火光四射，大鵬的人一時還不知道發生什麼事，柴頭趕緊叫喊大家一起衝去碉堡，結果我跌個狗吃屎。最後大鵬的人還是先占據了碉堡。」

阿迪在後面一句話都沒說，我感到很奇怪。在學校跟同學說我們作戰的情形時，他們都很感興趣。

那天晚上，我們記取了教訓，將攻擊據點分成了三處，成功壓制住大鵬方面的火力，同時嚴禁任何人使用無法控制方向的老鼠炮，順利取得最終的勝利。我們跟大鵬的人在碉堡下面將剩下的沖天炮一起發射完，雙方約定好明年再來。

解散之後柴頭跟小毛他們一群還要到別處去探險，我不能跟他們去。媽媽嚴格規定我不能太晚回家，不管是元宵節、中秋節還是什麼節。雖然沒有手表看時間，但是看媽媽臉色就知道回家是不是「太晚」了，更別說她其實並不樂意我跟柴頭、小毛他們混在一起。

看著柴頭他們一群人舉著火把離開，我有點悵然。

「我們去放水鴛鴦。」我搖一搖鐵盒，跟阿迪說。

剛剛經歷過一場火光四射的沖天炮大戰的逢甲路上，颼颼的冷風將人群及煙硝味一掃而空，偶爾傳來的遠方炮聲，反襯得周圍異常安靜。

路燈下，意興闌珊的我將最後一支水鴛鴦扔進小溪裡，不等隨溪水流到遠處的水鴛鴦炸響，便打算沿著小溪抄近路回家。

「走吧。」

跳下逢甲路，走在溪邊時，黑暗中的稻田裡突然閃出兩個人的身影，「我就知道是你，剛剛在碉堡那裡我就認出來了。」聽起來他們應該是大鵬那邊的人。

「好久不見了，吳艾迪。」較高的那人說道，一邊嘿嘿地怪笑著。

「你認識他們嗎？」我小聲問，阿迪並沒有回答。

「哎喲，很屌喔，不認識我們了喔？」較矮的那人有點破音。

「我沒有錢。」阿迪直截了當地回話，雖然有點小聲。

「你們流氓喔？」我不知道他們是不是流氓，不過聽到阿迪的回答，我馬上知道他們是來勒索的。

「哎喲，很屌喔，找了個小幫手咧。」矮傢伙的口頭禪似乎是「哎喲，很屌喔」，連說了兩次。

「好，沒關係，我們會跟別人說喲。」高個子又發出嘿嘿的怪聲。

昏暗中看不出阿迪的臉色，但他不發一語，我敢說他跟我一樣害怕。

想起阿萬舅舅常跟我說的「輸人毋輸陣，輸陣歹看面」，我硬著頭皮說，「沒錢就沒錢，怕你喔？」

「哎喲，你的小幫手比你屌喔？」

「嘿嘿，他應該還不知道你媽媽是賣ㄆ……」

黑暗中阿迪撲向高個子懷裡，將他撲倒在地，兩人在地上扭在一起。

我一時目瞪口呆。

高個子仗著體型的優勢，翻起來壓坐在阿迪身上，朝著阿迪揮拳，阿迪死命地伸長雙手揮舞抵抗。

眼看阿迪不敵，我舉起早已熄了火的火把朝高個子背上猛力敲下去。

「啊！」高個子側身倒了下去，阿迪趁機翻了起來。

矮傢伙大力推了我一把，「啊！」一個踩空，我跌到溪裡。

二月份的溪水，冰冷刺骨，緊張加上湍急的溪水及溪底石頭上的青苔，讓我跌了好幾次，一直無法站起來，我喝了幾口水。

「抓住！」阿迪在岸上拉不到我，慌亂中抓到竹棒，伸了過來。

突起的變故大概也讓勒索二人組嚇了一跳，當我拉著火把上岸時，高矮兩人早已不知去向。

夜路走多了，總會碰到鬼；溪邊玩久了，總要掉下水。冬天不用說，炎炎夏日的時候，哪個孩子不貪涼？我常常要到溪裡玩耍，抓蝦抓螃蟹摸蛤仔，目的無非就是要把腳浸在沁涼的溪水裡。玩的次數多了，總會有那麼幾次或有心或無意的跌坐下去，搞得渾身溼透，然後坐在溪旁的大石頭上，等到太陽把頭髮衣服曬乾以後才敢回家。

不知道是不是啞巴的關係，媽媽不願意我靠近水邊玩耍，如果讓她知道我跌入溪裡，以後就別想再到溪裡抓魚了。

可是在二月份的這時候我真的很冷，顧不得那麼多了。

阿迪一路哭哭啼啼地扶著渾身溼透瑟瑟發抖的我，來到我家。到了家，依照我事先的指示，阿迪附和我的說法，說我自己不小心跌進溪裡，媽媽一陣好罵，催促我快去洗澡。

洗完熱水澡後換我哭哭啼啼。我左手舉不起來了。

五

我其實非常懷念左手骨折的那段時間。

骨頭長好後，爸爸每周都要請一天假帶我到台中後火車站一家專治跌打損傷的國術館去做復健，雖然坐車、轉車暈得我七葷八素，每回都要吐到喉頭發苦地乾嘔，手也會被抹著油頭、穿著白汗衫、渾身散發著藥洗味的師傅拗得我齜牙咧嘴，痛不欲生。

但我還是很喜歡這種每周一次跟爸爸一起，只有我們兩個人的小旅行。

在其中一次的小旅行途中，爸爸問我：「為什麼同人打架？」

「……你怎麼知道？」我嚇了一跳，阿迪講義氣，應該不是他告的密。

「爸爸又不是莽子。」但是媽媽應該不知道啊，我心想。

我如實地跟爸爸說了阿迪被勒索的事，以及如何打起來的經過。跟爸爸說比較沒問題，跟媽媽說的話以後元宵節大概就只能提奶粉罐了。

五

「爸……」

「嗯？」

「什麼是賣屁股？」我一直想問。

爸爸停了一下，說：「那個不是什麼好話。」

我急忙用右手護住頭，只要聽到這句話，我的腦殼上常常就要挨兩下。

爸爸笑了笑，在我頭上摸了一把：「咬他一口沒得？」

我爸常常告誡我不要同人打架，但是如果到了非打不可的時候，打不過也要咬他一口。

「有！」我大聲地答道，小小地吹了個牛。

爸爸又笑了。

紅色降落傘

六

「要不要把球拿去祕密基地放？」我一時還不想把球還給別人。

「好啊！不過晚點，我想再躺一下。」阿迪又伸個懶腰，躺了下去。

「那我先拿去喔！」

「嗯！」阿迪轉過身去。

我走在比人高的草叢裡，一邊撥開草叢一邊想著：「阿迪是不是哭過？」

草叢裡這個用木板搭起的小屋是專屬於我們三個人的祕密基地。說是小屋不如說是用木板組成的大型盒子，進去時需跪著爬進去，進去後還只能低頭坐著。嘎響在這裡時常常因為挺起腰桿把基地的屋頂撞開，所以我們要他坐在外頭，阿迪說服他：「你是門神，所以要在外頭保護基地。」這有個神字的封號讓他開心的接受了。

一進入祕密基地，我馬上將塑膠袋裡的球倒了出來，兩個毽子、三個羽毛球，還有幾個烏漆抹黑的棒球，臭皮那顆新球特別明顯，我要找的就是這顆。

結果印證了之前大家的猜測，臭皮就是在騙人，那不是王耀新本人的簽名，根本就是臭皮自己簽的。

（「你怎麼知道？」）

（「那顆球上面歪七扭八地寫著『王一ㄠ新』，你覺得簽名會寫注音嗎？」）

重新將這些球撿拾放回袋子後，一時之間我還沒打算將這些球還給其他人，倒不是想占為己有，而是不知道要怎麼跟大家解釋為什麼啞巴要給我這些球，萬一他們也跟阿迪一樣覺得啞巴要收我當兒子的話，最後會不會眾口鑠金——這次期末考國語剛好就考了這個成語，真的把我說成了啞巴她兒子的話怎麼辦？想得我頭皮發麻。

我刨開基地角落裡厚厚的乾草堆，拿起一塊木板，將這袋球放進木板下的洞，順手取出一個鐵製餅乾盒，這裡面有真正厲害的東西——一柄磨損嚴重的刺刀。這把刀是阿迪撿來的，黝黑的刀身，有點缺邊的刀刃，我跟阿迪說這上面聞起來有血腥味，但是他不相信，他也不告訴我這是在哪裡撿到的。雖然他不相信，但是他跟我一樣將這把刀視為寶物，不只將它藏在角落土洞裡的最深處，每次進來時還一定一屁股就坐在那兒，不輕易拿出來。

把玩了一會兒刺刀，我又把它放回鐵盒埋回洞裡去。將木板蓋好後，在上面再鋪些乾草，我退著爬出祕密基地。

走出長草叢，正想著趕緊去告訴阿迪關於臭皮的注音簽名球時，聽見遠遠的在靠近大草場的巷尾處似乎有嘈雜聲，我朝村子望過去，人群擠在村子東邊，連同剛剛下地要整理菜圃的一些阿姨們，似乎都朝著東北邊的天空比手畫腳。

「傘兵！傘兵！傘兵演習！」我一邊奔跑一邊大叫向大樹跑去。

「阿迪！阿迪！跳傘！跳傘！」

阿迪已經坐起，瞪大著眼睛看著逢甲學院那邊的天空。

六

好幾架 C119 運輸機遠遠地間隔著，排成一列由南往北飛，滑到東北向的遠方時青蛙下蛋似地丟出一條接一條的黑線，黑線在落下一定的高度後，張開成半圓形草綠色的傘，隨風左右輕輕地搖晃，降下。傘下或者是人，或者是物，距離雖然遠，也能清楚地從輪廓辨別。

下午的陽光在傘頂塗上一層溫暖的橘色弧線。

以往都只在電視上看到的跳傘，竟然活生生地在我們眼前上演。

第一波的跳傘結束了。

「阿福……」

「嗯……」我眼睛還是望著北方的天空，期待著再有老母雞飛過來。

「我爸以前是個傘兵。」

「啊？真的嗎？」我張著嘴把頭轉向阿迪。

我從來沒看過阿迪的爸爸，事實上沒人看過阿迪的爸爸，搬來這麼久沒看過他爸當然是一件奇怪的事。阿迪搬來不久，我問過媽媽，她說她也不知道，阿迪的爸爸可能是在很遠的地方當兵吧，她要再問問爸爸。不知道媽媽有沒有問，不過我倒忘了這件事，反正村子裡的爸爸們經常不在家，這不是什麼稀奇的事。

「小時候，我爸曾經跟我說過他跳傘回去反攻大陸的事。」阿迪的聲音乾乾的。

「然後呢？」我把整個身體轉過來，這是我第一次聽阿迪提起他的爸爸。

「被空投在雲南的山裡後，我爸與戰友失散了，只用了一把刀和打火石，他在深山裡生活了將近一個月。」阿迪轉開水壺，用水壺蓋接了一杯水，一仰而盡，然後倒了一杯給我。「可能因為是晚上，也可能是因為被發現了，飛機還沒到原定地點就把他們丟了下來。」

「哇塞！然後咧？」雖然從沒見過阿迪的爸爸，不過，我已經開始佩服起他了。原來電視裡演的都是真的，我急切地想要知道阿迪爸爸的故事。

「靠著指南針和縫在身上的地圖，他足足花了一個月，終於到了原定的集合地點，結果沒有任何戰友在那個地方。他在集合地點留下記號，躲在附近，等了三天三夜，接頭的人終於出現。那人跟他說並不是所有的人都順利降落，而降落後只有我爸沒被抓到，其他人全部都陣亡或被俘擄了。」

「那他有回來嗎？」我急切地問道，然後看到了阿迪的白眼，隨即會意。

「對喔，不然你怎麼會知道。」我抓抓頭，尷尬地笑著。

「那他怎麼回來的？」

「接頭的人帶著他，越過高山大河，穿過邊界到緬甸，到了緬甸以後，有另外的人帶他到泰國，然後搭機到香港，再回到台灣。」

「……那……他不就去過很多國家？」我其實是想問他爸現在人咧？

「是吧……」

「你爸是什麼時候過去的啊？」

「結婚之前。他說結婚之後有了老婆小孩，部隊不要這樣的人過去。」阿迪再轉向北邊天空。

「噢……」我也轉了過去。

第二波的跳傘開始了。

村裡跟草場上觀看的人，此起彼落地發出歡呼讚歎聲。

六

「三年級寒假，寒流來的一天晚上，我在寫功課，那天晚上好冷。」阿迪聲音有些發抖，「有人按電鈴。媽媽出去應門後，進來叫爸爸出去，看到媽媽的表情，我感到有點奇怪，坐在餐桌上，我可以直接看到爸爸的背影，他跟幾個人在門口談了一會兒，好像在討論什麼事。」

我還是盯著天空中的老母雞，不敢轉過去看他。

「爸爸進門後，和站在客廳裡的媽媽很小聲地說了些話，然後走過餐桌這邊來，坐在我旁邊，看著我寫的作業。

「他摸摸我的頭說：『弟弟乖。弟弟還記得爸爸跟你說跳傘的事嗎？』

「我用力點點頭。

「『爸爸又要出任務了。』

「『……你不是說部隊不要有老婆跟小孩的人去？』

「『弟弟真聰明，還記得。』爸爸笑著說，『不過因為只有爸爸有這樣子的經驗，所以非得要爸爸去不可啊！

「『這是國家機密，弟弟不能跟任何人說喲！』

「我低著頭，眼淚一滴一滴掉在作業簿上。

「『弟弟要用功讀書，孝順媽媽喲！』

「閉著眼睛，我的眼淚流到了脖子上。

「『來，左輪手槍，一言為定！』爸爸伸出左手跟我的手碰了一下，然後爸爸站起來，接過媽媽給他的行李，轉身出門。」

我努力地張大眼睛，看著北邊的天空，試著在心裡數清楚天空中有幾具降落傘。

「我……我……」阿迪哽咽著，「我忘了問他什麼時候會回家。」

他趴在板子上，上半身不住地伏動。

老母雞不知是第幾輪地飛過之後，終於沒有老母雞再飛過來了，村子邊上的人群漸漸地散了，在菜地裡的阿姨們也回家了，太陽血紅地斜在天邊，微熱的橘色陽光伴著傍晚的涼風，一同吹拂在阿迪的身上。

「啊！」我跳著站起來。

「阿迪！阿迪！」我推一推他。阿迪似乎睡得很沉。

「太陽快下山了，再不回去，我媽又要揍我了！」

「我先回家囉！」我飛快地爬下樹。

跨過小溪，繞過、偶爾踏過菜園，衝上巷尾的小斜坡。看跳傘的人群早已經散去，幾個女孩子跳著格子，看到我紛紛笑著，梁大姊還高聲朝著我家的方向大喊：「丁、阿、姨、阿、福、回、家、囉！」

糟糕，媽媽一定已經出來找過我了，今天免不了又要一頓粗飽。一邊瞪著梁大姊一邊狂奔中，從眼角的餘光裡似乎又看到啞巴從她家門後瞄著我。

進家門時，兩個妹妹坐在客廳地板上，拉扯著媽媽隨意給縫的布娃娃，廚房裡傳出炒菜的聲音，我迅速移到妹妹她們面前，假意在主持公道。

「回來了嗎？阿福。」

咦？媽媽沒有連名帶姓地叫我！

「哎喲，全身髒兮兮的，別跟你妹玩，快去洗一洗，準備吃飯。」

心情似乎不錯的媽媽端著菜出來。

算是逃過一劫。

我立刻按照指示到浴室去洗刷一番，從浴室出來時，飯菜已經擺在客廳的餐桌上了。

「下午又野到哪裡去了？」媽媽語氣很輕快。

「對啦，媽，有跳傘演習耶！」

「喔。」媽媽對跳傘完全不感興趣。

「吃完飯以後把房間整理一下，你爸明天回來。」爸爸在部隊裝備保養比賽第一名，部隊派他到其他單位示範，整整兩個月了。

「喲——」我舉起雙手，右手還拿著筷子，「嗬——」聲音小了下來。

「啊安怎？」媽媽察覺到歡呼聲被我分為兩動的異狀，「是不是那個家譜還沒背完？」

「背好了啦，只是要複習一下。」媽媽好應付。

我心裡默誦著：德行尚方祿，武洪朝聖君，承先榮宗世，長……長……唉呀，糟糕！上次爸爸要我用毛筆寫下的那張家譜，不知讓我給扔哪兒去了？

「緊呷呷咧，去把它背好。啊……」媽媽要小妹嘴巴張開，餵她一口。每次媽媽要妹妹張口時，我都覺得好笑，因為她自己嘴巴張得比妹妹還大。「喔，好！」不過這時我笑不出來，我還在想那張紅紙被我塞到哪裡了？

＊＊＊

爸爸是在對日抗戰時，離家當兵的。雖然十多歲便離開了家鄉，但是宣漢縣赤溪鄉丁家壩裡的一草一木，和親戚、朋友的各種過往，他如數家珍一件件一樁樁地清楚記得，我猜是因為他經常複習的關係。

偶爾他會要我坐在院子裡，當故事一樣地說給我聽，他說這叫「擺龍門陣」。有的時候剛好小毛他們也在我家院子的時候，也會被迫坐到陣裡來，不過經常只坐了一下子，便紛紛找理由溜走。

其實不怪小毛他們，也不是故事不精采，實在是我爸的四川國語，只有我懂。

有一回過年，除夕夜，他滿臉通紅地跟我說：「娃兒呀，你也夠大了。反攻大陸時，爸爸還在不在都不曉得囉，但是起碼在你回去四川老家拜咱們祖先時，得知道咱們家譜咋個寫，這也算是對得起我丁家列祖列宗啦。」

爸爸當時應該是喝醉了，因為他哭了。

雖然不止一次地聽我媽說過，但這是我頭一次親眼看到我爸哭。

有的時候媽媽會偷偷告訴我，爸爸夢到奶奶，在夜裡哭著醒過來。

第二天，大年初一一大早，有點失望，爸爸昨晚雖然醉了卻沒忘事，早已準備好了毛筆墨水，弄了張紅紙，要我端坐在餐桌前。

巷子裡，一片恭喜聲，一片爆竹聲。

「丁世福！丁世福！」小毛他們在外頭叫著。

「別理他們！」他當然看得出我心神不寧。如果是媽媽在這裡，我早就胡編個理由開溜了，不過在爸爸面前，我不敢。

爸爸雖然只讀過一個禮拜的國民小學，卻能憑著記憶將童年時在祠堂裡讀過的家譜背出，並要我用毛筆寫在紅紙上。平時用鉛筆寫字就已經歪七扭八少人能識了，更別說用毛筆，再加上爸爸的四川話，我有時搞不懂到底是哪個字。紅紙上，塗塗寫寫，慘不忍睹。好不容易捱完，爸爸拿起來看，呵呵道：「鬼畫符似的，這毛筆字你得多練練。寒假結束前，把它工工整整地謄到另一張紙上啊！」

喜出望外的我，立正站好，標標準準，結結實實地行了個軍禮：

「遵命！」

爸爸笑著在我屁股上給了一掌，我飛也似地奔出家門。

＊＊＊

「緊呷啊，哩係咧想啥？」

「唉……」真的有點食不知味。

不過跟我們班住二弄的鍾德樵比起來，我的家譜算是簡單得多了，他跟我說他爸要他背落落長的《朱子治家格言》。

只是我一直感到奇怪：「我姓丁，丁氏家譜自然是要背的，但是他明明姓鍾，幹嘛背朱家的東西啊？」

想到了這，我心情好些。

「對了，媽，你知道阿迪……」

「對喔，啊阿迪咧？快去叫他來吃飯。」

「他吃飽了啦！」依下午的狀況來看，阿迪是不會來吃飯了。

「你沒叫他，怎麼知道？」

「他剛剛說要到巷口去吃陽春麵啦！」

「哦……」媽媽再餵小妹一口，也夾了一筷子菜到大妹碗裡，「你喔，要多學學人家阿迪啦，媽媽常常不在，還那麼乖，功課又好，啊這次畢業不是得那個什麼……獎？」

「菜市場獎啦！」

「對啦，市長獎啦！」媽媽在我頭上敲了一下，「什麼菜市場獎。」

阿迪的房間裡，貼滿了獎狀，在跟他變成好朋友以後，有的時候我們會在他的房間寫功課。阿迪跟阿萬舅舅一樣愛看書，房間裡書很多，但是也跟阿萬舅舅一樣沒有漫畫或動物百科。

「怎麼會有小孩子不喜歡漫畫啊？」我第一次到阿迪房間裡的時候問他。

阿迪笑了笑，聳聳肩沒有回答。

「你喜歡當捕手啊？我還是比較喜歡當投手，游擊手也行。你有護具嗎？沒有面罩當捕手很危險耶，我們班吳俊明上次當捕手被擦棒球打中鼻子，流了滿身的血，嚇死人。」我想找找看有沒有動物百科或笑話之類的書，沒找著。阿迪原本愣著，看到我拿起那本《麥田捕手》時笑倒在床上。

難道喜歡看書的人都喜歡書名跟內容不符的書嗎？

不過那次之後，阿迪也開始買漫畫了，我喜歡。

媽媽一邊餵著小妹說：「他搬走以後，看你功課要問誰啦！啊恁阿萬阿舅嘛毋知咧無閒啥，我攏毋知有偌久無看到伊啊。」一邊催著大妹放下娃娃快點吃飯。

「阿萬舅舅說他在研究室做實驗，真無閒啦。」

「騙肖耶，忙到幾個禮拜都看不到人喔？不知道是不是交到女朋友。啊也還沒當兵，哪係做兵以後查某朋友綴人走吼，看欲按怎，阿水嬸係上煩惱這個囝仔……」

媽媽又開始了。

爸爸常說：「你媽媽的專長就是煩惱，沒煩惱她就覺得不舒服。」

我相當同意爸爸的見解，另外，我認為媽媽的專長還有愛說話，不知道爸爸同不同意。

「阿萬舅舅畢業了嗎？他要搬走了喔？」夾起來的雞肉掉在了桌面。

「沒有啊，他說他要那個……什麼延畢……就是要再留一年的意思啦。」

「啊你不是說他要搬走了？」

「喔，那個是說阿迪啦！」

「啊？阿迪要搬走？誰說的？」我不相信。

「他媽啊，啊怎樣？阿迪沒告訴你噢？也是啦，他可能也不知道要怎麼來跟你說啦。他媽媽要再結婚了，下個月就要搬走。唉……他媽媽一個女人家吼這麼辛苦，應該是要找個人來照顧他們啦，好在那個人看起來應該也是個好人。來，啊……」媽媽把碗裡最後一口飯塞進小妹嘴裡。

「結婚？那他爸爸怎麼辦？」

「誰爸爸怎麼辦？啊他就有新爸爸了啊，不對，他可能只會叫叔叔，都這麼大了……」

「阿迪的爸爸啊！他跳傘到大陸去了耶！」我脫口而出，根本沒想到他爸爸跟阿迪說這是祕密。

「誰跟你說的？」

「阿迪呀！下午看人家跳傘時，他跟我說的呀！」我豁出去了，站起來愈講愈大聲。

「囝仔人，嘜黑白講話！」

媽媽轉身過來，眉頭緊鎖，面對著我：「阿迪的爸爸不在了。」

「不在了？當然不在啊，就說他去反攻大陸了啊！」我大聲堅持著。

媽媽放下碗及湯匙，「伊老父死啊。」

「死啊？……」我完全無法相信，他陣亡了嗎？

媽媽接下來的話讓我閉嘴，徹底打消想探究清楚的念頭。

媽媽盯著我，「丁！世！福！你出去別亂講話，不要害你爸爸被關起來。」她低聲且用力地一個字一個字清楚說道。

從我記得事情開始，只要媽媽這樣子說出這些話，我就知道事態嚴重，非同小可，絕對不能繼續追問下去。

我扒著飯，用碗遮住臉，不讓媽媽看到我眼眶裡的淚水。

媽媽制止住妹妹在桌上划著湯的雙手，抱她進去洗手。

晚餐後，上樓坐在書桌前面，我盯著牆上的地圖，邊想著阿迪他爸爸的事，邊在秋海棠上搜索著雲南、金沙江、瀾滄江，怒江……高黎貢山、怒山……，我爬上書桌，坐在桌上，把那些大江大山用紅筆圈起來，阿迪下午在樹上說的那些話一直盤旋在我腦海裡。

紅色降落傘

七

「阿福！阿福！」阿迪在樓下門口叫著。

我抓起用報紙包住的剛才從餐桌上偷藏的幾塊雞肉，趕忙下樓。

「阿迪喔？吃飽了沒？」

「丁阿姨，吃過了。」

「媽媽回來了嗎？」

「還沒。」

穿過媽媽身邊時，我迅速把拿著雞肉的手，從身後變換到身前，然後推開紗門。

「別玩太晚，早點回來。」

「知道了！」

「走！」我急著脫離媽媽視線，拉著阿迪快步離開。

阿迪的表情有點興奮，眼底閃爍著光芒，這時天幾乎已經暗了，但仍可以感受到他此時漲紅的臉。

我上一次看到他這樣子的表情是在發現小花——我們的軍犬——的時候。

＊＊＊

元宵節事件後，阿迪開始偶爾也會參加我們的活動。那本關於捕手的書是假的，阿迪根本不喜歡打球，但是其他活動倒是不排斥。

七

一天晚餐後，小毛跟臭皮又在巷子裡吆喝著大家玩，但是玩什麼呢？一夥人分成了兩派，一派人要玩先出後抓，另一些人則想玩警察抓小偷。尷尬的是兩邊人數都差不多，分開玩的話兩邊人又都太少，而這兩種遊戲又都是人多才好玩。

爭執不下，吵來吵去的時候，警察抓小偷那派有人說「玩警察抓李師科啦」，跟正當紅的新聞沾上了邊以後，大家都說好。

那位小朋友真是行銷天才，而我真是猜拳白痴，又猜輸給小毛，我是倒楣的李師科們的一員。好在阿迪也猜輸了，我覺得阿迪好像都知道我在想什麼似的，要是他當警察，沒兩下我就會被揪出來了。現在他跟我都是李師科國的，我們應該可以躲很久。

那個時候華夏周邊已經開始有一些零星的房屋新建工程了，我跟阿迪在遊戲正式開始前便偷偷地約定好，先假意往一弄跑，趁笨警察們不注意時折往西，再向南朝大魚池方向跑。那裡工地多，藏身之處也多，我們約好在其中一棟已經蓋了一半卻一直停工的房子會合，先躲好的人則在聽到有響動的時候，吹一聲口哨長音發出信號，後來的人則吹三聲短音回應。

我告訴阿迪說，用口哨代替口令是為了不讓警察們聽出是誰，但其實真正的原因是我想讓阿迪知道我終於也學會吹口哨了。

先前阿迪教我怎麼吹口哨以後，我整天嘴唇噘得「甘哪雞母尻川咧」——媽媽的說法。噘著各種嘴唇形狀，試了各種吹氣流量，終於「皇天不負噘嘴人」——我的說法，成功了。這樣算起來我應該是東五弄裡第二個，不，可能是第三個會吹口哨的，柴頭應該早就會了，不過柴頭一向不跟我們玩這些「小孩玩意兒」，所以用這個口哨暗號非常安全。

七

阿迪雖然不喜歡運動，但是他跑得飛快，警察把李師科們放出來後，才數到六，他就已經從我的視線中消失了，而我費盡九牛二虎之力才擺脫了小毛的追擊。當我小心翼翼地進到那棟蓋了一半的房子裡面時，我故意躡手躡腳輕輕地踩了一小片磁磚，製造出一點聲音，卻聽到「噓！噓！噓！噓！噓！」，我嚇了一大跳，趕緊躲進柱子的陰影裡蹲下，「阿迪，是你嗎？」我壓著喉嚨喊。

「是我啦，你快來。」阿迪急切地喊著。

「你幹嘛亂吹信號啦！」我還是壓著喉嚨，一邊埋怨一邊循著聲音在隔壁的房間裡找到阿迪。

「對不起！對不起！你看！」

阿迪蹲在地上，一隻黑白花的狗劇烈地搖著尾巴，繞著阿迪團團轉，見到我來，也跳向我，耳朵往後貼著頭，拚命搖著尾巴。

「是一隻母狗欸，牠的小孩應該就在附近。」阿迪說。

蹲下來擺動著頭避免跟這隻狗嘴對嘴的我也看到牠那下垂而且明顯腫脹的乳房了。

「對呀，不知在哪？」我們站起來四處張望，母狗見我們站起來，跑向房間角落裡堆置的棧板，我們跟著跑了過去。

被隨意堆疊的棧板與兩面牆的夾角恰好構築出一個小小的空間，就著外頭昏黃路燈照射進來的微弱光線，依稀可以看見裡頭兩隻黑白相間的小狗互相交疊著，另一隻黑色的小狗被排擠似地躺在更遠的角落裡。

母狗鑽進了窩裡的同時，小狗們立即察覺到，紛紛閉著眼睛搖頭晃腦地向媽媽爬來，發出幼細的叫聲。

阿迪跟我就這樣蹲著看了老半天，全然忘了自己是正在被追捕的李師科。

「我們回去拿食物跟布來！」阿迪說，「還有，別讓其他人知道！」

「好！」我立刻同意。

七

我摀著肚子跑回警察總部向小毛他們自首投案，宣稱自己肚子劇痛，要回家「烙賽」，警察們哄然大笑。這一切都是我跟阿迪在路上想好的，只有這樣小毛他們才不會懷疑，才能夠保守這個祕密。

為了這些小狗，我願意做出最大的犧牲——整整被嘲笑了一個禮拜，直到小毛偷看梁家大姊洗澡被逮到，才停止。不是我告的密。

衝回家裡，媽媽在幫小妹洗澡，「你妹快洗好了，等一下換你。」

「沒有啦，我回來喝水，馬上要出去。」打開冰箱，拿了幾塊肉。

玩到中途感到肚子餓跑回家搜刮點吃食是常有的事，媽媽倒也不以為意。

等我遮遮掩掩躲躲藏藏避過小毛他們，到了狗窩的時候，阿迪早已經在那裡了，母狗正在舔著碗裡的牛奶。

還是阿迪細心，他帶了碗、牛奶還有毛巾，我只帶了肉。不過這不怪我，如果我帶了碗啊、毛巾之類的東西，我媽一定會發現。

我們就這樣偷偷地照顧起了這些小狗。那陣子媽媽一度懷疑我是不是開始發育了，怎麼這麼會吃？堅持拖著我去看中醫。

第二次月考完的那一天，如往常一般，吃完晚飯後我跟阿迪帶著食物去狗窩。通常只要我們走近那棟屋子，母狗就會從房子裡跑出來迎接我們，後面那一個禮拜連小狗們也會搖搖擺擺地跟著媽媽一起出來迎接我們，但這次卻沒有。我跟阿迪都有一種不祥的預感。

「小乖！」阿迪一進小房間裡，便開口大聲叫喚我們為那隻母狗取的名字。

沒有回應。

「小乖！」「小乖！」我跟阿迪屋裡屋外到處尋找，不見任何蹤影。

「會不會被人抓走了？」站在牠們的窩前，阿迪有點緊張地說。

「阿兵哥還沒來，應該……不會吧……」我感到害怕起來。

每年到了稻子成熟的時候，都會有一些阿兵哥來幫助農民收割，這些阿兵哥就住在學校裡面。大家都傳說這些阿兵哥最愛吃狗肉，我是從沒仔細算過，但是等到這些阿兵哥離開後，學校附近的野狗似乎也真的變少了。

七

「要不要到其他房子裡找找，也許小乖帶著牠們搬家了。」

「我們先在這裡找一下吧。」我不死心地走向這堆棧板。

我跟阿迪才合力抬起第一塊棧板時，便聽到從某個縫隙裡傳出來小狗的聲音。

我們又驚又喜，馬上蹲下用目光找尋，同時嘴裡「噓！噓！」地小聲吹著口哨，不敢再亂動這些雜亂堆置的棧板、木樁。搜尋了老半天，終於發現在某兩片棧板間一隻黑乎乎毛茸茸的小狗，頭朝裡屁股朝外地被夾住，想退卻退不出來地輕聲哼著。

阿迪跟我小心翼翼地從最上層慢慢地一片一片移開棧板及木樁。最後在鬆開其中一片時，小黑狗快速地倒退著爬了出來。

阿迪含著淚水，將小黑狗抱了起來。

「可能是有人要來領養這些狗，這隻小黑狗不願意，啊，不是不願意，是因為牠貪玩，被夾住，所以好心人沒發現牠。」

七

阿迪當然知道我是在自我安慰，不過誰能想出更好的結果呢？

我們把小黑狗移到五、六弄尾的防火巷。用木板胡亂釘的狗屋雖然外觀簡陋，但尚可遮風避雨。同時決定做個名牌釘上去，「有了名字就有了身分，再加上有了家人，就不會隨隨便便地被欺負了。」阿迪這麼告訴我。

我決定叫他——霸王，那時剛看了楚漢相爭的故事書，覺得項羽好帥，雖然他最後失敗了，但是我覺得他才是個大英雄。阿迪覺得不好，他說霸王聽起來好像台語的肉丸。經他這麼一說，我也這麼覺得。阿迪建議叫小花，因為他是公的而且又是純黑的，不會有人想到他名字竟然是小花。萬一走丟了，誰都無法叫對名字，把他騙走，最終他一定能夠回來。這點說服了我，也說服了嘎響。雖然嘎響一直叫他「小瓜」。

＊＊＊

鄰居們都在吃晚餐，等著八點開演的《楚留香》。我跟阿迪摸黑下了小坡，繞到啞巴家後頭的防火巷，遠遠地就可以聽到小花輕哼著迎接我們的聲音。我們走進時聲音更顯急促，同時尾巴不住地搖動拍打著他那岌岌可危的窩。小花的最大好處就是很少大叫，這也是我們能偷養到現在的最大原因。阿迪蹲下抱他時，他激動得幾乎整個身體都搖晃了起來，舌頭不停舔著阿迪的臉。很快，他聞到了我手上的食物，立刻朝我撲來，我連忙將雞肉放在地上。

不一會，小花將雞肉連同骨頭一點不剩地吃完。我解開繫在狗屋前水溝蓋上的童軍繩，牽著小花朝溪邊走去，想著等一下要怎麼開口問阿迪要搬走的事。

「欸，你知道我下午起來時看到什麼嗎？」阿迪接過繩子，聲音感覺有點不好意思。小花在溪邊這裡聞聞那裡嗅嗅，挑了一處，蹲下尿尿，他還沒學會抬腳。

「哦？什麼？」想起下午那看到他痛哭的尷尬，我轉過溪邊去，解開拉鍊，跟小花一樣。

「我起來後，在爬下瞭望台時，又有一架老母雞飛過去。」

「它落隊啦？」我看著激起的泡泡浮在溪水的表面，很快的往右邊流去。

「我本來也這麼以為，但它突然又投下一個降落傘。」

「哪有可能？你眼花了吧？」我不由自主地打了個冷顫。

「我本來也以為我眼花，所以我馬上再爬回去。」小花撲著在草叢間飛舞的一閃一閃的螢火蟲。「我發誓，它丟下一具紅色的降落傘！」

「紅色的降落傘？」我拉上拉鍊，右手在褲子上抹了一下。

「是真的，我沒騙你。」

阿迪是真的沒騙過我，我猜他也沒騙過任何人。

那一次，四弄的阿蕊阿姨氣急敗壞地到處問是誰砍下她菜園裡所有的葫蘆時，阿迪跟她認罪了，誠實的他連同我一起供了出來。

下午放學回家時，媽媽早已準備好一把甘蔗皮等我。晚上她幫我上藥膏時，抹著眼淚教了我一句台灣俗諺：汝甘知，細漢偷拔瓠，大漢偷牽牛。

我哪知！我只是想把它們曬乾，做成胡鐵花在用的酒壺而已。

我三天沒和阿迪說話。後來和好了，因為其實他也被他媽狠揍了一頓。不過我真的整整一個月沒理梁氏姊妹。她們家賣甘蔗，甘蔗皮就是從那來的。

七

小花大完便，腿向後刨了幾下。

「你相信嗎？」阿迪把繫在他脖子上的繩子解開，小花沿著溪邊到處亂竄。

「嗯！」我其實不相信。

「我們明天去找它好不好？」

「找誰？」我把咬在嘴裡的草莖吐掉。

「找那個紅色的降落傘啊。」

「怎麼可能找得到？」我嘴裡還留著青草味，「傘兵早就回去了！」

「那不是傘兵！」

「不是傘兵？」我狐疑地問，小花肚子朝天，用背在地上磨蹭著，小花開始換毛了。

「那張傘大概是帶著什麼裝備吧！」阿迪一邊說一邊去把小花翻過

來，他不喜歡小花渾身髒兮兮的樣子。

「那是演習耶，一定會有人去收的啦！」

「我知道，可是我爸說跳傘時常常發生失誤，說不定他們真的忘了還有那具，所以才會到最後才丟下來啊！如果飛行員疏忽了，隔了那麼久才匆匆忙忙丟下它，那地面上的人一定早就離開了。再說……，說不定那個降落傘根本不是今天這個演習的，它是紅色的耶！」阿迪急切地推敲著。

「怎麼可能啦！」

「真的啦！」

看著阿迪，下午阿迪說起他爸時的情景再次浮現在眼前，「那你怎麼知道它飄到哪裡？」我還在想要不要問他要搬家的事。

「我知道我知道，方向我看得很清楚，朝著大肚山那個方向走，我有把握可以找到。」

七

阿迪還是沒能說服我，我找塊大石頭坐下，一隻青蛙「撲通！」跳進水裡。

「我們明天早一點起床，走到中午……」

「如果走到中午還沒找到，那怎麼辦？」

「……那就回家……」小花在草叢裡不知挖著什麼，阿迪走過去套上繩子，將他牽了過來。

溪邊青蛙跟蟋蟀、紡織娘彼此唱和著，螢火蟲漫天飛舞，溪水嘩啦嘩啦歡快地流著，涼風習習。

「那我們明天四點半出發。」我捏了一塊小石頭：「彈指神功！」小石頭不知飛向何處。

「好！」

阿迪快步走回小花的窩將他綁好，我在斜坡處等著他。

到家門口時，阿迪問：「明天要叫你嗎？」

「不用。」我擺一擺手，推開鐵門。

「今天怎麼沒回家看楚留香？」電視放著片尾曲，媽媽抱著已經睡著的妹妹站起來。

「跟阿迪去帶小花……」聚散匆匆莫牽掛……，片尾曲剛好唱到這。

「啊？什麼？」

「跟阿迪去抓青蛙啦！」

「我不是跟你說晚上不要到水邊？啊汝係袂記咧頂擺ê代誌喔……」媽媽抱著妹妹走去關電視。

七

「好啦！」我偷偷吐了一下舌頭。好險，差點把小花供了出來。

「媽，爸上次買的那個鬧鐘咧？」

家裡唯一的鬧鐘是去年為了看威廉波特少棒賽時買的。太平國小沒辜負爸爸買的這個鬧鐘，拿了世界冠軍。

「在房間裡，要幹嘛？」

「明天早上要和鍾德樵他們去逢甲學院打棒球啦。」阿迪從來不參加體育活動，不能說是他。

「又要去占場地喔？」

「不然那些大學生不讓我們玩啊。」

「把客廳燈關掉。」妹妹的口水流到媽媽手臂上了。

「我明天會打一整天喔。」我跟在媽媽後頭爬樓梯。

「係按怎？」媽媽停了下來，回過頭來問我。

「打冠軍賽啦！」

接過鬧鐘，準備上三樓自己的房間。突然想到：「媽，爸明天什麼時候回家？」

「下午吧，他要先坐船到基隆再坐車回來。」媽媽抱著小妹進了房間，大妹早已經在床上睡死，嘴巴叼著半截乾魷魚腳。

八

「娃兒，娃兒。」

有人在床邊，推著我。

「唔……」我瞇著睜不開的眼睛，光線太強，我一時認不出是誰。

「爸？……你不是下午才回來？」

「你看看現在幾點了？」爸爸笑著拿鬧鐘在我眼前晃。

「……三點半，還有一個……」我坐了起來，「咦？現在是下午嗎？怎麼窗外天這麼亮？」

「你該打屁股了，睡到這時候。」

「糟糕！」我跳下床，「鬧鐘沒響！鬧鐘沒響！」

「娃兒！」爸爸抓著我的手臂：「媽媽跟我說了吳艾迪的事。他們今天就要搬走了。」

我愣愣地看著爸爸。

「不可能，我們約好今天要去找他爸，不！要去找降落傘啊！」

「什麼降落傘？」

「紅色的降落傘！阿迪他爸的紅色降落傘。」

「娃兒，」爸爸坐在床邊，拍拍枕頭，將它擺正：「吳艾迪的爸爸是匪諜，被槍斃了！」

「匪諜？」我完全清醒了。

「他從雲南回來後，雖然通過調查，但其實部隊一直暗中派人盯著他。」

鬧鐘的滴答聲一直敲著我的腦袋。

「唉……不過那是大人的事，跟小孩子無關。阿迪跟他媽現在在巷口，去跟他說再見吧！」

我抓起衣服短褲往樓下衝。

一輛紅色的計程車停在中央幹道上，阿迪跟他媽媽站在車旁跟鄰居們道別，嘎響跟梁氏三姊妹哭哭啼啼地圍在阿迪身邊，小毛臭皮他們也在一旁圍觀看熱鬧。

見到我出現，阿迪走了過來。

「對不起，我睡過頭了。」覺得鼻子有點酸。

「沒關係！」阿迪微笑著：「要好好照顧小花喔，還有，別讓嘎響把祕密基地拆了！」

「嗯！」

我們同時笑了起來，這一直是我們最擔心的事。

「來，左輪手槍！」阿迪伸出他比著手槍的左手。

我也模仿他，伸出手，指尖碰了一下。

「一言為定！」阿迪吹了一下槍管。

「等等！」我突然想到一件事，「吳阿姨，我可以跟阿迪去巷尾一下嗎？」

「要快點喔！」吳阿姨傾身向司機說了幾句，魯伯伯從駕駛座下車。

我拉著阿迪往巷尾快跑。

「要做什麼？」阿迪叫著。

「你應該跟小花說再見啊！」

「可是你……你不怕被人發現嗎？」他喘著說。

「沒關係！」

阿迪蹲在地上抱著小花，小花如往常般歡快地撲著阿迪，舔著他的臉。

跟小花吻別後阿迪站了起來：「對了，忘了跟你說，那把刺刀我拿走了，可以嗎？」

「沒問題。」這時候就算阿迪想要我那把李小龍簽名的雙節棍，我應該也會答應。

就在我們站起來準備往回走的時候，奇怪的轟隆聲從天空中傳來。

老母雞從四面八方飛來……

……滿天的紅色降落傘。

頓時警鈴聲大作，回頭一看，啞巴戴著鋼盔身穿草綠服手持著長槍大喝：

「通通不要動！」

＊＊＊

按掉鬧鐘時，時間是四點十分。

我連忙往外看，鬆了一口氣，天是黑的。

預備出門時，突然想起，連忙折回房間。我忘了帶手套，媽媽雖然沒讀過書但可不傻，撒個不能圓的謊會比說實話還慘。

拿出書桌底下破舊的手套後，我瞥了一眼牆上的地圖，斗大的字分列在地圖兩邊：「保密防諜　人人有責」。

我想起夢裡爸爸跟我說的話。

關於阿迪的爸爸及匪諜的事，我曾經在鄰居阿姨們來我家打牌時隱隱約約聽過。媽媽常說：「囝仔人有耳無嘴。」因此在這種三姑六婆聚集的時候，我的耳朵總是特別長，但是這種事有耳無嘴聽到的無法向任何人求證。

八

下了樓，我站在家門口等阿迪，霧很大，幾乎看不到他家門牌。天未光的家門前，飛了整夜的蛾似乎也累了，肚子朝上地躺在路燈底座旁歇著。雖然是要開始放暑假的夏天，從大草場吹來的風竟然讓我有些寒意。

濃霧中有身影從巷口朝這走來！

「啞……阿姨早安！」驚魂未定的我，差點叫成啞巴阿姨。

她指著我的手套。

「對，我要去打球。」幽靜的巷裡，我輕聲地答道。

「啊啊……」裝著豆漿燒餅的紅色塑膠袋被舉在我面前。

「……謝謝……」我想起她在夢裡大喝「通通不要動！」的情

形，吞了口口水，把早餐收下來。

啞巴拎著剩下的早餐，慢慢踱回家。

阿迪似乎是躲在他家門後看著，「啞巴真的要收你當兒子！」他出來時笑著說。

我不說話，朝著大草場走。

「她跟你說什麼？」阿迪追問。

「她跟我說你昨天沒洗屁股啦。」

祕密基地因為霧水整片溼漉漉的，我跟阿迪渾身溼透地爬進祕密基地裡。

放好了手套，我問：「要不要把刺刀帶著？」

突然草叢裡傳出一陣窸窣聲，我們嚇了一大跳，坐在進門處的阿迪連忙爬過來。

我們神經緊繃地望著入口。

一個黑影衝進阿迪懷裡。

「小花！」阿迪跟我同時驚呼。

「你昨晚沒綁好嗎？」

「有啊！」阿迪抬起下巴閃著小花的嘴，「我檢查兩次耶！」

「你、們、在、蛋、嘛？」

一顆油膩膩的頭伸進祕密基地裡。

「嘎響！」我跟阿迪同時驚呼。

＊＊＊

嘎響不是阿達。

嘎響也不是怪物——對東五弄的孩子來說。

當嘎響從產房被抱出來時，六十多歲的鄒伯伯哭了，有人說嘎響媽媽的瘋病由此而來。有人勸鄒伯伯：扔了這孩子吧，養不活哪！鄒伯伯抱著嬰兒出了家門一整天，黃昏時又抱著回來，一語不發。鄰居們有人說鄒伯伯要把嬰兒帶去海邊淹死，有人說其實他是要帶上大肚山去埋了，不過傳說終歸是傳說，出去一整天後鄒伯伯還是將嬰兒帶了回來，取名家祥。家祥，家祥，鄒家之祥，我想他是愛他的吧。

我們用台語叫他——嘎響。

在阿迪之前沒有人沒被嘎響的長相嚇過，沒有人不怕嘎響，這裡說的「人」，指的是東五弄以外的其他人。

是嘎響的朋友這件事，是東五弄孩子的特權之一，嚇唬別弄的人是之二。

全村的小孩都嚇過後，獵物就愈來愈難捕獲。

八

有一回，一弄的小朱騎著他爸給他新買的腳踏車，趾高氣昂地在村裡到處炫耀，早就惹得我們萬分眼紅。終於有一天，他實在太得意忘形地騎到我們埋伏好久的防火巷旁，嘎響舉起雙手左右搖晃跳出去大吼：「嘎——」

我們騎了一下午的捷安特黑武士。

等到小朱的媽媽領著他來拿回捷安特時，輪子已經歪到一邊去了。

嘎響的身體很瘦小，細長的脖子支著一顆後腦勺很扁的大頭，油膩的頭髮看起來從沒洗過。眼眶幾乎包不住的凸眼珠隨時分泌著眼屎。大大的鼻子紅蓮霧似的油油亮亮地在正中間與嘴巴眼睛擠在一塊。他曾經張嘴給我們看他的牙齒，層層的牙齒長到上顎深處，或許這是我們常聽不懂他說話的最大原因。

嘎響的手是另一個特徵，可看得出是五指，但中指無名指小指連在一起，分開的食指跟拇指間卻又好像有著蹼般的薄膜。這點大獲梁家老么的芳心，在溪裡抓魚時，嘎響能輕而易舉地得第一。

我們愛這樣的嘎響。

非常愛。

以致小毛在聽說了嘎響長這樣是因為他媽在懷孕時吃了感冒藥的話之後，假裝感冒，然後逼他家母狗吞下感冒藥，就為了想得隻嘎響犬。那一次小毛爸爸差點打斷小毛的腿。

老師愛這樣的嘎響。

應該要讀國二的嘎響，一直留在西屯國小雷老師那班。當了他八年級任的雷老師每天都陪著嘎響走回家裡，只因怕他被村外的小孩欺負。

大人們也愛這樣的嘎響。

東五弄裡沒被罵過的孩子，在阿迪搬來以前嘎響是唯一。

＊＊＊

「嘎響，你來這做什麼？」我一邊躲著小花不讓他咬到早餐。

「我起來了，帶小瓜去尿尿……」嘎響想爬進來，我連忙推他出去。

「現在怎麼辦？」我回頭問跟著鑽出來的阿迪。

「只好帶他去吧！」

小花還跳著要咬我手上的早餐，「小花呢？」

「一起帶去。」

「你們要去哪裡？」

阿迪跟我互望一眼。

穿過大草場，走到逢甲學院圍牆邊時，天已濛濛亮。

村子的西邊是西屯國小，連著一片當時西屯最熱鬧的大市場。附近的大小廟宇中，清靈宮最具規模，每到廟會迎神時總有布袋戲、歌仔戲班吸引了擠滿廣場的人群觀看，只有在被媽媽押著到廟裡拜拜或夏天到廟埕角邊上的冰果店吃冰時我會接近，其他時候能離多遠離多遠，廟裡的神像讓我有些害怕。所以我提議走到逢甲學院圍牆邊再往北。我跟阿迪說要避開早市的人群，同時也怕遇上嘎響的父親，他通常一早就到附近撿破爛去了。

才走過逢甲學院高大的水泥圍牆不久，順著蜿蜒的小路，眼前迎來一片低矮的紅磚牆，牆內一個小小的黃土空地將半圓形水塘與一座看似廟宇的建築隔開。

八

「你有來過這裡嗎？」

「沒有！」逢甲學院圍牆是我平時活動範圍的極限，更別說如果知道這有間廟，我一定遠遠地逃離。

殘破的木門半開著。

「小瓜！」嘎響追著從他手裡衝進去的小花。

阿迪也追了過去。

我硬著頭皮跟著。

小花在空地裡歡快地到處亂跑。嘎響彎著腰追著，想抓住他。

「這是廟嗎？」阿迪停在廟門口抬頭看著廟門上方。

「不是寫著廟嗎？」長方形的木匾，雖然已經褪色，木刻的四個大字「張廖家廟」依然清晰可讀。

不過它的確不同於我印象中的廟宇。木製的廟門只有邊角還殘留著原來的天藍色，已經泛黑的青苔布滿了原來應該是紅色的屋瓦及磚牆。從門口望進去，中間一個小小的庭園，連接著另一頭的屋裡黑壓壓的，但沒有一般廟裡的神像、香爐。

我稍稍放心。

阿迪讀著角落裡一方大理石製成的說明：

「……本廟建於清光緒十二年（公元一八八六年）間，……奉祀張廖氏歷代祖先……台中市政府立。中華民國六十九年六月……日立」

「這是祠堂吧？」我大著膽子往裡面走，想看看裡面有沒有「德行尚方祿……」。

走到底，牆面上立著許多長形的牌位，比起家裡神桌邊上那個

「堂上丁姓歷代祖考妣之神位」還大上許多。「應該是他們的祖先比較多吧！」我心裡想著。

西屯這裡張、廖及張廖是大宗，學校裡每班都可以分到十來個這些姓的同學。雖然有時候會很羨慕這種誰是誰堂兄、誰是誰叔叔的大家族，但除此之外，祖先多似乎沒多大好處。

每年的清明節，當同學們抱怨著花了多長的時間去祭祖掃墓時，我們這些沒祖先的眷村孩子算是撈到一個平白無故的假。

我抬頭看著上方的另一塊匾：「承……古堂！」

「怙，承怙堂。」

「怙是什麼意思？」我臉有些發熱，嘎嚮還在外頭追著小花。

「……應該是爸爸的意思吧！」阿迪有些遲疑：「上課教過失怙是

爸爸……」

「阿迪，你……還記得你爸的樣子嗎？」不好直接問阿迪知不知道他爸的下落。「我自己是常常想不起來我爸的臉到底長怎樣啦！有時候，因為太久沒見到他有點想他時，眼睛閉起來，怎麼想都沒辦法在腦海中畫出他的臉。不過奇怪的是，就算是這樣想不起他的臉，但只要你看到他，你就知道他是你爸爸。在一堆人裡面，就算只看到背影，只看到他走路的樣子，你還是能夠馬上知道是他。」

「嗯……我也一樣。」阿迪點點頭。

嘎響在外頭叫著：「小瓜！小瓜！」

「我有一張他的照片，黑白的，想不起來他長相的時候，我就拿起來看，看過後馬上閉著眼睛想，雖然我記得相片裡的所有細節，但還是沒辦法真的在心中畫出他的樣子。」

「對吧？真的想不起來吧！」

阿迪也這麼認為讓我蠻開心的，他很少完全同意我的看法，他跟我媽一樣常說我歪理一堆。

「照片裡他站在營房前面，有一條好像是電線的影子橫過他胸前，太陽把他和旁邊小草叢的影子照在牆上。牆上有張紙寫著『……紀念國父……效法國父革命……』，很模糊，看不太清楚。我爸穿著軍服，兩手扠著腰，嘴裡叼著一支菸，頭戴著軍帽稍微偏著左邊笑著……」

阿迪應該是每天都有複習，跟他讀書一樣。

「你對你爸的第一個印象是什麼？」

「啊？什麼意思？」我搔搔頭。

「對你爸爸最早最早以前的印象是什麼時候？」

「……過年他要我背家譜的時候。」

「你在亂說。」阿迪笑著。

說真的，誰會去想多久以前記得爸爸的事？

「我三歲的時候，蹲在家門前跟一隻關在籠裡的雞玩。我爸說：別跟牠玩，他會啄你喲。後來果然，大公雞啄了我的眼睛，我哇哇大哭，爸爸衝出來時先給了我一巴掌才將我抱起來看是不是受傷了。」

我瞄了阿迪一下，眼睛看起來沒有疤。

「那是我對我爸的第一個記憶，也是記憶中他唯一打我的一次……

「另一次，不過，我忘了這次是幾歲的時候。爸爸帶著我去部隊玩，坐了很久的車，下車後他牽著我的左手走著，路很長，偶爾我抬起頭想看看他，但總是看不到他完整的臉。

「我一直以為我應該記得更多我爸的事，可是……」外頭小空地靜悄悄的。

正想拉著阿迪出去時，傳來嘎響大哭的聲音，阿迪與我連忙衝出去。

九

嘎響跌在地上正掙扎著要爬起來，小花圍著他跳著。

我急忙蹲下對嘎響說：「不要哭了，小聲。」我擔心被人聽到。

但是嘎響哪裡聽得進我的話，哭聲愈來愈大，情急之下我用手摀住嘎響的嘴，手才剛貼上他的嘴我便後悔了。不知是他的口水、淚水或鼻水沾滿了我的手，而且根本止不住他的哭聲。「你不要弄他了啦。」阿迪在我旁邊要阻止我。

「恁佇遮咧創啥？」一個蒼老的聲音站在我們後面。

阿迪跟我都嚇了一跳，我拿開了手，嘎響持續大哭，小花在老人身前嗅著他的赤腳。

「伊咧哭啥？」

「伊跋倒啦。」我答道。阿迪不會說台語，不過應該聽得懂，嘎響能聽會說，只不過大家都聽不太懂他說的，就連國語也是。

「查埔囝仔甘吶跋倒就按呢嘛嘛吼，係咧……」老人走上前蹲下來，雙手扶著嘎響的頭，查看他的傷勢。

「他一定會後悔。」看著我的右手，我心裡想。

「喔，腫價遮爾大丸。」

剛才根本沒發覺，只見嘎響額頭上腫了好大一個包。

聽老人這麼一說，嘎響的哭聲似乎更大了。

「可憐囝仔。」老人站起來，我不知道他是說嘎響可憐還是說嘎響跌倒可憐。

「恁佇遮小等一下。」老人回頭走進旁邊的小門裡，小花要跟著他進去。

九

我叫道：「小花，過來。」趕忙上前去將小花抓回來。

不一會兒，老人出來，手裡拿了一小罐膏藥和一條溼毛巾。

老人擦乾淨嘎響的臉後，打開小藥罐，用幾乎比藥罐大的食指，摳起了一坨藥膏，輕輕地塗在嘎響的包上。

「恁係佗位ê囝仔？」老人問。

「彼邊。」我指了指華夏的方向。

「喔。」老人站起來。

嘎響哭聲雖然小了一點，但還是抽抽搭搭個沒完。

「好啊啦，莫擱哭啊，阿公悉恁來去掠水蛙。」

聽到要抓青蛙我就來勁了，嘎響也開始明顯地在屏氣想要止住抽搭，阿迪則是沒有表情。

「好了好了，阿公要帶我們去抓青蛙，快起來。」我熱心地攙扶起嘎響。

我、被嘎響牽著的小花、嘎響及押後的阿迪，跟著扛著鋤頭的阿公依序走出廟埕。

阿公心情似乎不錯，嘴裡哼著不知名的曲子。清晨田間小路上的雜草沾滿了露水，很快地，我的小腿便因雜草的刮搔癢了起來。

我彎著腰一瘸一瘸地邊走邊抓著小腿，突然注意到阿公褲管半捲起的小腿上有一處疤痕，不規整的圓形傷疤看起來已經癒合了很久，這個傷痕讓我想起「半痲半不痲」——東北人的趙伯伯，我爸的老戰友。

每回趙伯伯來家裡作客的時候，他必定自帶一瓶金門高粱。

我們家人都知道，喝了約三分之一時，他便會脫掉襯衫，便要開

九

始唱歌：「我的家，在東北松花江上，那裡有……」接著會扯開內衣，露出左肩肩窩上的傷疤，開始訴說傷痕歷史：「鬼子給留下的，這半邊麻……」我猜想這是他綽號的由來。但是奇怪的是，他受傷的地方明明就在左邊，卻總指著自己心臟那邊說：「這半邊不麻……」

等到他喝剩三分之一時，通常他便要趴在餐桌上了，嘴裡還是「麻……麻……麻……」，然後爸爸就會將他扶到客房。第二天一早，家人都還沒起床時，他便會離開，並在桌上留下一些錢。

趙伯伯比我爸大十歲，在九一八事變後逃出東北，抗戰時還遠征到滇緬。

我們早就將在固定時節來的他當成我們的家人，在我爸的朋友中，趙伯伯的經歷並沒有更不尋常，但也沒有更不特別。他在大陸沒有成家，在台灣也沒有結婚，後來在要返鄉探親前出車禍過世了，念了一輩子的媽媽，最終卻連媽媽的面，也許是墳，都沒見著。

「阿公，汝嘛做過兵喔？」我歪著身體抓著小腿問。

「汝呔會知？」

「汝跤面頂ê孔，我一个阿伯嘛有。」

「ㄏㄧㄡ。」

「阿公，汝嘛係去予日本仔打ê嗎？」

「呵呵，我這係米國仔打ê啦。」阿公笑著回答。

我心裡奇怪，我們有跟美國人打過仗嗎？阿公應該是在開玩笑吧！

跟著阿公走了一段田間小路後，來到一處有著擋水柵門的田頭，阿公站在田頭，叫我們去田埂裡找青蛙。阿迪和嘎響走一邊，我找另一邊。我怕小花咬青蛙，讓嘎響先將小花交給阿公。

田埂兩邊每隔個十公尺左右，便會看到左右兩邊各插著一支竹棒，竹棒上頭繫著一小段釣魚線，線的另一端則綁著勾著一小坨棉花的魚鉤，棉花時不時地被風吹起，輕輕地舞動著。我經常徒手在溪裡抓些魚啊蝦啊的水生動物，包括青蛙，但從沒見過這種方式釣青蛙。

五弄的小孩有一陣子流行釣魚活動，柴頭跟小毛他們到處遠征釣魚，每回聽小毛說他們如何如何地釣到抓不起來的大魚時，我總是又羨慕又不爽，明明知道他就是在吹牛但我卻無法反駁。所以偶爾當柴頭他們就近在大魚池釣魚時，儘管媽媽不喜歡我跟柴頭他們玩在一塊，更禁止我接近這種深水邊，我還是要瞞著媽媽偷偷地跟去。釣具很簡陋，魚線釣鉤浮標都是跟柴頭借的，釣竿則是砍一支順手的竹子充當。所以相對地，魚餌便是我最重視的，我總要在雜木林裡找一塊肥沃鬆軟的地，挖一些又肥又壯活蹦亂跳的蚯蚓。即便如此，魚還是不好釣，不會輕易上鉤，也可能是我技術不好吧。

沒釣幾次，在被媽媽發現前，柴頭他們也不在大魚池釣了。因為大魚池那邊的孩子用霸王勾——三枚一組的釣鉤，綁成一串，也不掛餌，暴力地直接從池子一邊快速收線拖到另一邊，很快地，池子裡也就沒什麼魚可釣了。

「這裡的青蛙有這麼笨嗎？我用又肥又可口的蚯蚓尚且釣不到魚，難道青蛙會吃這種乾澀無味的棉花？這又不是棉花糖。」我一邊找著一邊想，還不時抬起頭來問問阿迪跟嘎響那邊：「你們那裡有嗎？」

「青瓜！青瓜！」嘎響在另一頭大叫，手上抓著竹棒朝著阿公跑去。我滿是欣羨地趕緊跑了過去，心想釣魚蹩腳就算了連釣青蛙都釣輸嘎響。只見嘎響提著一隻半死不活、偶爾雙腿蹬兩下的青蛙，顯然已經上鉤很久了，這下我真的相信青蛙笨到見了飄動的棉花就會咬。

嘎響將青蛙交給蹲在田頭抽著菸的阿公，將小花換了回來。

「阿公，汝掠水蛙欲創啥？」我很好奇。

在一些特殊的日子我會被媽媽強迫，跟著她上菜市場幫忙提菜，我曾經看過市場裡賣給人吃的青蛙又肥又大，老闆說那些是美國來的牛蛙，不像嘎響手中那隻瘦瘦小小的，不知道牠是天生就這麼小還是只吃棉花給餓的。

「這咁會使食？」

「呵呵，無人食這啦，這喔，咁哪會當飼鴨。」

第一回在市場裡看到那種比癩蛤蟆還大的青蛙時，經不住我的懇求，媽媽買了一隻讓我回家養。我跟小毛他們吹牛說我在逢甲路跟小溪的交會處抓的，小毛羨慕得要死，在溪裡忙活了好幾天。

在家裡養了一陣子之後，那隻青蛙跳走了，我也不以為意，反正已經讓小毛他們看過了。有趣的是幾個月後我竟然在客廳神桌下發現了牠，雖然瘦了些，但精神還是不錯，依舊活蹦亂跳，原來這隻青蛙就躲在家裡。既然如此，我也沒有費神地再將牠關養起來，而是任牠自由來去。偶爾在廚房，偶爾在浴室，當不經意在家裡某個角落偶然地發現牠時，總能讓我開心一陣子。

直到一天突然想起來：「啊，好久沒看到那隻青蛙了。」以後，便再也沒看到過了。

應該是逃出去了吧。也還好，那時候我還沒養鴨子。

阿公說田裡的青蛙是好生物，可以幫忙吃很多有害的昆蟲，雖然

九

有時候會引來蛇。這些釣青蛙的竹棒是他孫子們來插的，他其實並不喜歡。早上要來巡田水時，剛巧遇上我們，才想到看看能不能用青蛙來讓嘎響別再哭了。

我喜歡這個笑容可掬的阿公，也喜歡跟他聊天，但是阿迪已經在拉我的衣角了。

「再等一下下。」我轉頭跟阿迪說。

「阿公，汝咁會當教我汝拄才呼噓仔ê彼條歌？」

來的路上，我就想著要跟阿公學，剛剛才學會吹口哨不久，什麼新鮮的曲子都想放到嘴裡。

阿公笑咪咪地仔細教了我，還說這首曲子吹起來要明快、要有精神、有力量才好聽，不能像他剛才那樣慢吞吞地隨意吹著。

誰曉得這首曲子後來讓我倒了大楣。

（「這麼嚴重？你吹來聽聽吧！」我也很好奇。）

（「噓……噓……」）

（「算了算了，你先講下去好了。」老大清醒著吹這首曲子，我都不見得知道，更何況是現在這情形。）

大草場不僅是村子裡孩子們的遊樂場，也是村裡的家庭伙食補充基地。除了在這裡圈地種菜以外，也利用各種能利用的角落養些家禽。我們東五弄最末尾，靠近大草場的袁伯伯家甚至還圍了一圈養豬，每年收豬的豬販來抓豬時，全弄的小孩都要集合起來觀看，豬的嚎叫聲真是淒厲，讓人難忘。

九

我家也利用了草場的一角，養了雞跟鴨。雞鴨下蛋後，媽媽會讓爸爸將蛋拿到西屯市場那裡的孵蛋場孵，孵化出小雞小鴨後再抓回家養。一回，到了差不多的時間，爸爸去取，卻只帶回一隻黃澄澄毛茸茸的小鴨子，那一窩只孵出來一隻。我一直很喜歡動物，因為地利之便，三天兩頭便會將在外頭抓到的動物帶回家養。水裡游的大肚魚、田鱉；天上飛的十姊妹；螳螂、蚱蜢……能夠抓到的，我幾乎都會抓回家養一陣子再放走，如果沒養死的話。

從爸爸手中接過這隻可愛的小鴨子後，我央求媽媽讓我將牠養在家裡，媽媽原本要將牠送人，見我哀求懇切，便答應讓我將牠養在院子裡。

我餵得很勤，小鴨子大得很快。我常常幫牠搞些魚蝦之類的補品，偶爾也有青蛙，如果抓得到的話。

最補也最容易搞到的就是蚯蚓。

小鴨子大概因為在孵蛋場出生的，所以第一眼看到的是人，那個……什麼效應……

（「銘印！銘印效應。」）

（「對！銘印效應。」老大拍了下額頭。）

所以牠並不怕人。

如果爸爸在家，在傍晚時分他常常會領著我走在最前頭，鴨子跟著我，一路行軍到雜木林裡，爸爸一鏟子下去，活蹦亂跳的蚯蚓一現身，鴨子便會立刻接上嘴去飽餐一頓。每回當爸爸、我、鴨子形成一路縱隊走在村子的時候，我總感覺好像在參加閱兵一般，又神氣又拉風。

（老大停了下來，喝了一口水。）

（「雨好像小了一點，你肚子餓嗎？我去幫你買。」中午老大其實沒什麼吃東西，不過最主要是我饞了，來了逢甲不吃點什麼的好像對不起自己的胃。）

（「好啊，也幫你自己買一份，我請。」老大從皮夾裡取出一張千元大鈔給我，「今天這雨的確是不太尋常。」）

（懶得拿傘。雖然雨勢沒有方才驚人，但還是不小，不過鱗次櫛比的店面，沒讓我淋太多雨便買到了想要的吃食飲料。）

（「來，大腸包小腸，還幫你買了珍珠奶茶，微糖，我記得你不喜歡太甜。這是找的錢。」）

（「謝啦。」）

（「我才要謝謝你請客吧。」車窗因為開門，外面熱空氣進來，一下便霧成一片。）

（喝了一口珍珠奶茶，老大將手搖飲放在杯架上。）

合該有事，那個禮拜天一大早，才起床，媽媽便悄悄地跟我說：

「恁老父今仔日心情莫好，汝愛較細膩咧。」

「汝哪會知？」

「昨暝伊擱夢到恁阿嬤，我毋捌看伊哭到甲厲害。」

「喔。」

這個「喔」的有效期限只有半天。

九

下午，爸爸又帶著我跟鴨子到雜木林裡挖蚯蚓。

周日的傍晚時分，巷子裡人多，我飄飄然地享受著眾人豔羨的目光跟笑容，威風凜凜。這時我突然想起跟阿公學過的那首曲子，便吹了起來。此時我吹口哨的技巧已經非常老練，愉快的心情加上阿公說這曲子要有精神、有力量才會好聽，我愈吹愈響亮。

才剛走進雜木林裡，我便一頭撞在爸爸後腰上，全然沒察覺到爸爸突然停下了腳步。

他轉過身來，寒著臉盯著我，一聲霹靂喝道：「哪個教你吹的這個？」抬起手，一個大巴掌搧在我臉上。

爸爸不是沒處罰過我，犯錯時，他最常給我的處分是用雞毛撣子在地上畫個圈要我進去立正站好，通常站上五分鐘便草草了事，嚴重一點的話，會賞兩個手板心意思意思。跟媽媽不一樣，他從來不會往我身上招呼，可能知道自己力氣大，跟媽媽那種雷聲大雨點小的小打小鬧不一樣吧。

這一個巴掌，讓我跌在地上，眼冒金星，說不出話來，當然也哭不出來。之後發生什麼事？怎麼回到家的？鄰居有看到我腫起來的臉嗎？我有哭嗎？我完全記不起來。

中斷的記憶在晚上爸爸用熱雞蛋敷著我的臉頰時才又接上。再後來聽到爸媽房裡傳來媽媽哭吼的罵聲：「你是形經病喔？打小孩打成那個樣子……」

爸爸則始終默不作聲。

（「所以這到底是什麼曲子？」我按捺不住地問。）

（老大這次不吹了，他拿起手機查找一會兒後播放出來，將手機拿給我看——〈軍艦行進曲〉。）

（「這雨好像又大了起來。」老大徒手擦著他面前的擋風玻璃，把霧氣徹底擦掉。）

（「你要不要先吃，冷氣這麼強，都冷了。」我將大腸包小腸交給他。）

（「好。」）

（「那隻鴨子叫什麼名字？」）

（「呣……」老大搖搖頭，嘴裡嚼著。）

（「沒有名字？」）

（「嗯。」老大點點頭，嘴裡還嚼著。）

（「後來這隻鴨子……？」）

（老大終於吞下了那口大腸包小腸：「幾個月後，有一天我大舅來我家，親舅舅……」）

（「啊？」）

（「那天我上學，不在家。」老大點點頭，「其實，回想起來，在養的時候我應該就知道牠的命運了，所以我一直沒有幫牠取名字。」）

（「真的，如果有名字就太慘了。」）

（「一樣慘啦。我還是哭了幾個禮拜，跟媽媽賭氣了很久。」）

（「還好東山鴨頭還沒開，這個我也愛吃。」我心想。）

十

跟阿公說了再見以後，我們離開了稻田，繼續前行。

小花拖著嘎響東嗅西聞，一直走在我跟阿迪的前方十幾公尺的地方。

走到一處時，嘎響拉住小花，停下來等著我們。

嘎響說：「我肚子好餓。」他牽著的小花也是一樣的表情。

「我們找個地方吃東西吧！」阿迪將斜揹在後頭的包包移到前面，打算拿出裡面的食物。

不愧是阿迪，餅乾、水壺都有帶，不像我。

不過還好我有啞巴，我是說啞巴給的早餐。

在這個住家愈來愈少的地方，前方有一個小樹林，遠遠地可以看到尖頂上的十字架。

「我們到教堂那邊吃吧！」阿迪說。

嘎響這時走得特別快。

我們在教堂旁的路邊樹下坐了下來。

「好像在遠足喔。」遠足了八次的嘎響，開心地說。

遠處看的小樹林原來是圍著教堂種的菩提樹。我對這樹的葉子很熟悉。在看過鄰居讀國中的姊姊從學校拿回來用菩提葉做的半透明葉子後，讓我好一陣子瘋狂地到處尋找菩提樹，收集一堆葉子回家，然後按照她教的方法泡在肥皂水裡面。

要讓葉子完整成形沒有絲毫殘缺的成功率很低，但是成功的葉子很漂亮。我特別喜歡將那樣的葉子放在日正當中的太陽底下，觀察陽光穿過半透明葉子所形成的影子，乍看是一片樹葉的形狀，但仔細看那影子，卻可以清晰地看到每條葉脈，無論粗或細。

在菩提樹下尋找葉子的那些時候，我發現姿態各異的樹枝樹葉在地上形成各種有趣的圖案，就像我們在停電時最喜歡在蠟燭前玩的手影遊戲。也是在那個時候讓我了解了，樹下細碎的光點都一樣的亮，但是光點間的影子卻有著深淺的區別。

此刻，菩提樹下的影子也濃淡不一。

十

教堂圍牆上爬滿了綠色植物，黑色鐵條做成的大門敞開，鐵條在門上方被捲成漂亮的花樣。十字架底下兩邊各有一塊大木牌，上面漆著紅色的「基督教」、「慕義堂」。

我沒進過教堂，一次都沒有。跟基督教接觸的最多經驗就是電線桿上貼的「信上帝得永生」及「天國近了」。

媽媽禁止我去教會。

村子附近就有一個教會，鄰居或同學常會因為教堂發糖果和餅乾去教會，但是我沒有。倒不是我嘴不饞，而是媽媽說：「汝若去呷教，阮以後哪死啊，就沒人拜了。祖先嘛沒人拜。」

我覺得這樣子好像有點可憐。

不過，人死了以後，真的還知道有沒有人拜他嗎？

漸漸地，開始有人從教堂走了出來，大人小孩都有，小孩會朝著我們看，然後被大人把他們的頭扭回去。說準確一點，他們是朝著嘎響看。

我討厭他們。

不是那些看著嘎響的小孩。

我討厭那些其實表情已經告訴我他們看到嘎響了，但又裝作完全沒看到的大人。

我們會作弄那些害怕嘎響的人，會跟嘲笑嘎響的人打架，但我並不討厭他們。

人們看到奇怪的東西會害怕會好奇，不是件很正常的事嗎？

害怕的人，多嚇幾次，習慣以後就不害怕了。嘲笑的人扁他們一頓，讓他們知道嘲笑是要付出代價的，他們也就不敢再嘲笑了。

但是裝作沒看到？他們心裡到底是同情？嫌惡？害怕？還是嘲笑？……

所以我討厭。

「我們走吧！反正早餐吃完了。」我站起來拍拍屁股。

「嗯，好！」阿迪大概察覺到我的神情。

經過教堂大門口時，阿迪邊走邊向裡面望去。

「阿福！」教堂的大院裡，傳出我熟悉的聲音。

「阿萬舅舅！」我跑進教堂的鐵門裡。

「你們怎麼跑來了？」阿萬舅舅疑惑卻也開心地說道。

「我們要去我一個同學家。」阿迪很快地在後面幫我回答。

「喔，來來，進來休息一下，這裡離華夏有點遠了耶。」

「要嗎？」我問阿迪。

「嗯。」阿迪點點頭：「阿萬舅舅，我可以先去教堂裡面一下嗎？」

十

「好啊，等一下你到旁邊這個小屋來找我們。」阿萬舅舅帶著我跟嘎響和小花，走向教堂旁邊的一個小房子。

「沒關係，把小狗牽進來。」

原本我要將小花綁在屋外的樹下，一聽這話，嘎響馬上牽了小花跟著阿萬舅舅進屋。

小屋裡已經坐著一男一女兩個人了，男人很瘦，頂著一頭亂髮，嘴唇上留著兩撇鬍子。臉的下半部從下巴到耳朵下被紗布跟白色膠帶嚴嚴實實地包了一大包，只露出嘴巴。

「難道他也是跟人打架？」我心裡想，覺得比我骨折還慘。

那也是我頭一次親眼見到美國人，女的美國人。

其實，我並不知道她是哪國人，不過在那時候只要是外國人，我們都認為是美國人。村子裡曾有幾次來了美國的傳教士，男的。只偶爾在電視裡看到的外國人活生生的就在眼前時，村裡的小孩都很興奮，而村裡的大人卻似乎都避之唯恐不及。我們總是圍著他們問一堆問題，「你們那裡會下雪嗎？」，「你家有養馬嗎？」，「你有自己的槍嗎？」……通通都是從電視或報章雜誌上得到的美國印象，全然與宗教無關。

「@#$%︿&?」那個美國女人問。

「你的手好了嗎？」阿萬舅舅笑著推推我的頭問，「盯著人看不禮貌喔，她是琳達姊姊。」

「早就好了啦。」我很不好意思地說。

嘎響沒有盯著那個美國人，他盯著桌上的蛋糕跟餅乾。

「來，別客氣，自己拿去吃。」男人嘴巴很艱難地動著，說得很含

十

混，招呼嘎響過去吃，嘎響倒是馬上就懂了。

「好可愛的小狗，牠叫什麼名字？」琳達姊姊蹲下來跟小花玩。

「他叫小花。」

傳教士們也都會說國語，怪腔怪調的國語總會讓我們在事後樂不可支地「泥耗！泥耗！」地模仿著，不過這個琳達姊姊的國語似乎比我媽的還標準。「她一定來傳教很久了！」我心裡肯定著。

「舅舅，你信教了嗎？」我偷偷小聲地問阿萬舅舅。

「沒有啦！」

聽到阿萬舅舅的回答，我替阿水嬸婆感到安心不少。

「我媽說你一定交了女朋友，不然怎麼這麼久都沒回去。」

「哈哈，我都還沒當兵咧，交什麼女朋友。」

「對呀，她就是擔心你當兵的時候查某朋友會綴人走啦。」

下巴紗布男跟琳達姊姊也都笑了。原來這個美國人台語也聽得懂。

著。

「這个係阮大姊ê後生。」阿萬舅舅跟他們介紹我。

琳達姊姊打開冰箱拿出可口可樂招待我們，嘎響咕嘟咕嘟大口喝

「舅舅，那……你在這裡到底在做什麼啊？」我喝了一口可樂，又甜又刺激的氣體直衝腦門，讓我不由得瞇起了雙眼。

「噢……我在做實驗啦，學校實驗室需要一些材料，我來這裡問問看他們有沒有。」

「喔。」

美國的科技發達，這個美國人應該是有一些我們沒有的新奇東西。

這樣看起來下巴紗布男很有可能是做實驗的時候受的傷，這個推論好像比較合理。

不過這樣一想，我又為阿萬舅舅擔心了起來，希望他小心點。

十

「阿福！」阿迪站在門口叫我。

「阿迪，進來啊！」阿萬舅舅叫他，阿萬舅舅認識五弄的小孩，雖然不太熟。

「不用了，我們趕時間，要走了！」

走出小屋時，阿萬舅舅跟我說：「阿福，你回去以後別跟你媽說在這裡看到我，我不想讓她以為我信教了，過兩天我就會回去。」

「好。」其實我本來就不會跟我媽說。我今天是去打棒球的。

「你們路上要小心喔。」阿萬舅舅送我們走出了教會大門。

吃過了早餐，嘎響又恢復成散步的速度，在前面遛著到處聞的小花。

「阿迪，你有信教嗎？」我知道阿迪去過幾次教會，我相信他跟小毛他們不一樣，不是為了那些糖果餅乾去的，不知道剛剛在教會裡他去教堂裡面做什麼。

「沒有，不過我去過幾次教會。」

「你剛才在教堂裡這麼久在幹嘛？」

「我和教堂裡面的牧師聊天啊，剛才那裡的牧師給了我這些。」阿迪從他包包裡拿出一張彩色的紙，上面印著一些神愛世人之類的字和圖。比較吸引我的是阿迪手上的一個銀色十字架，十字架的一端有一個金屬環，應該能做成項鍊，看得出阿迪相當喜歡，其實我也覺得那個十字架蠻漂亮的。不過我可不能帶這回家，就怕我媽會將十字架連同我一起扔出家門。

「你真的想信教啊？」

「對呀，剛剛那位牧師答應為我主持洗禮儀式。」

「你媽知道嗎？」我聽過小毛他們說要入基督教必須要接受洗禮儀

式，當然小毛他們也搞不懂洗禮儀式是怎麼一回事，只知道要正式成為教徒就要接受這個儀式。

「我跟她提過。」

「她不反對喔？」我以為媽媽們應該都不贊成咧。

「嗯，她不反對。」

「基督教是在說什麼的啊？」

「我知道的不多。……耶穌基督在馬槽出生……」

「馬槽？那是什麼？」

「馬廄裡餵馬的東西。」

「耶穌他媽幹嘛跑到馬槽去生他啊？」

「她不是故意去那裡生的啦！」阿迪笑著，「聖母瑪利亞跟她丈夫約瑟要回家鄉時，在路上要找旅館，但旅館全都客滿了，他們只好住在馬廄裡，當天晚上耶穌就出生了。」

十

「旅館老闆真摳門，耶穌他媽媽那個時候肚子一定很大了吧，怎麼可以讓她住在馬廄裡？」

「嗯。」

嘎響在前面停下來看著路邊的果樹。

「不過那個叫約瑟的人應該也是很厲害的傢伙吧，旅館老闆怎麼會不讓他住？」

「為什麼這麼說？」

「不然怎麼這麼多人拜他兒子？」我想起村子裡那些將官兒子平時一臉神氣的樣子。

阿迪笑彎了腰：「那不叫拜啦，而且約瑟不是他爸爸，耶和華才是他爸爸。」

「約瑟沒跟瑪利亞結婚？」我愈來愈糊塗了。

「他們有結婚，不過耶穌不是約瑟的兒子。」

「噢……」我很不好意思。同時我想到阿迪的媽媽再結婚以後，阿迪也不是那個人的兒子，我就不敢再問下去了。

阿迪八成也想到了，沒再繼續解釋下去，他跑向嘎響：「嘎響，那個不能拔啦！」

荔枝園裡靠近路邊的果樹結實纍纍，一串一串的荔枝紅通通地掛在樹上，好像在向人招手。

「為得麼不能拔？」嘎響縮回正要拔荔枝的手。

「旁邊有綁紅布，表示這有噴農藥啦。」

阿迪雖然很聰明用功又讀很多書，但是這方面他真的沒什麼經驗，我們又不吃荔枝皮！不過想到上次的葫蘆事件，我還心有餘悸，也就不開口了。

荔枝園很大很深，有一條小路可以走進去，順著小路看過去，遠遠的那頭有個池塘。

「走，去看人家釣魚。」嘎響牽著小花跟著我快步走進去，阿迪還沒來得及開口，我們已經走進荔枝園裡了。

出了荔枝園，眼睛注視著池塘邊上釣魚人的我根本不知道嘎響沒跟上來。察覺到嘎響不在身邊時，一回頭，我大聲叫道：「嘎響！」連忙伸手去拉他。

十一

荔枝園跟池塘間有一座好大的墳墓，而嘎響就是停在墓前，雙手合十地拜了起來。

「這又不是你的阿公，你拜什麼拜？」我拉著嘎響快步走開。

「這墳墓裡面是阿嬤喔。」阿迪跟了上來。

「你怎麼知道？」

「墓碑上面是顯妣啊，顯妣就是女的，顯考才是男的。」

「對耶，我怎麼會一直以為墳墓裡的一定是男的？」

也許是因為在那之前，我參加過的唯一一次的葬禮就是我阿公的——我媽生父的。

小學三年級的時候，媽媽帶著我回台西奔喪，車子才剛停在阿嬤家三合院的大埕邊上時，媽媽便打開車門嚎啕大哭，跪著爬了過去，大舅很快地上前將她攙扶起來。阿公出山那天，出殯的隊伍很長，而我會這麼清楚地記得且以為墳墓裡的一定是阿公，大概是因為那天在阿公下葬時，我給一隻蜜蜂叮在了脖子上，腫了好大一包，紅腫疼痛的記憶通常都鮮明而持久。

另外會讓我以為墳墓裡埋的一定是男生的理由，大概跟村裡的那座小小的無名墓有關。

眼前這座墳墓真的很大，大的不只是後面那個土堆，土堆前面跟座廟似的，除了有屋頂、墓碑，兩邊還有左右護牆延伸開來，前方還

十一

蹲著兩只石獅子，護牆圍起的區域簡直就是一個小廣場，很難讓人相信這裡面只住，不是，只埋了一個人。

「這裡面埋的不知道是誰？」阿迪似乎很有興趣，想要一探究竟的感覺。

「你知道四弄尾靠近草場那塊小荒地嗎？」為了別讓阿迪再繼續探究這座墳墓，我問。

「知道啊，但是沒進去過。」

阿迪當然沒進去過，我沒聽過有誰進去過，不管捉迷藏、先出後抓，還是警察抓小偷，那裡是公認的禁地，沒人會進去找人，更不可能有人敢長時間躲在那裡面。

在華夏住得夠久的人都知道那裡面有一個墳墓，一座小小的墳墓，土包小小的，石頭墓碑也小小的，雖然從沒仔細看過，但墓碑上似乎看不見什麼字在上頭，孤零零的一座小墳，從來沒見過有人在那裡上香或祭拜。大家都說那是村外的一個小孩子的墳墓，但是沒人說得清那究竟是什麼時候哪一家人的小孩。

我們理所當然的以為這小孩是個男生，而這個理所當然的原因，恐怕就是村子裡爸爸們跟媽媽們之間的年齡差距。

「那裡面有那個。」

「哪個？」阿迪歪著頭問我。

「那……個……」我雙手放在身體前面，手掌下垂，踮起腳尖，兩眼上吊，做出電視劇中厲鬼的樣子。

光天化日之下，雖然知道鬼不會出來，但是這麼一大座墳墓在旁邊，難免心裡毛毛的，我還是不願意說出「鬼」這個字。

「你相信啊？」阿迪笑著問。

我其實本來是不相信的，中年級開始上自然課，自然老師常常說經不起科學檢驗的都是迷信，只要秉持著科學精神，大膽假設、小心求證，就不用害怕裝神弄鬼。從那時候開始，在寫「我的志願」的作文時一定寫將來要當科學家的我，就決定要有科學精神，不要相信這些迷信而沒有科學根據的事情。

所以我對小毛的說法嗤之以鼻，當他斬釘截鐵地說他看見那個小土包有鬼火升起來，還看見一隻手的時候。我大膽假設地回他說：「八成是元宵節的時候你沒吃湯圓，肚子餓，眼花了吧。」但他信誓旦旦地說是真的，他絕對沒看錯，而且說那天是端午節。

我堅決不信，在他說啞巴聽得到之前。

現在，我半信半疑，根據我小心求證的結果，小毛並不總是說謊。

「但是小毛說……」想起小毛的可信度，我沒再跟阿迪爭辯下去，反正我們已經來到池塘邊了。

十一

深綠色的池塘邊雜草叢生，池塘的水面上有著細細的波紋。坐在黃土岸邊的釣魚人從斗笠下看了我們一眼，繼續釣魚。水面上兩支紅色的浮標分別在他左右兩邊隨著水波浮沉。

我走向那個人問：「阿叔，有釣到嗎？」

他指了指腳邊垂到池裡的網子，點了點頭。

我們三個人站在太陽底下看了老半天，都沒魚上鉤。

過了一會，這個阿叔彈掉手上的香菸，伸個懶腰。

「不咬了！」他站起來說，不知是說給我聽還是自言自語。

阿叔拉起魚網，黑壓壓的一堆魚在網子裡不住地跳動。小花對著魚網拚命的吠，跳著要撲過去。阿迪連忙將繩子從嘎響手裡接過去，深怕嘎響一鬆手讓小花衝了出去。

阿叔看了嘎響一眼，從網裡抓出三條魚，找了條紅色塑膠繩穿過魚的鰓跟嘴，然後打個結，遞了過來：「拿回去給媽媽煮。」

十一

灰綠色身體的魚張開充滿尖刺的鰭不住地拍動，鰓跟嘴一開一合好像在呼吸，明亮的眼睛不知道是在看哪裡，又圓又大地睜著。

看到阿迪面有難色，在他開口拒絕前我很快的接了過來：「謝謝阿叔！」

串在一起的三隻魚依舊不停地拍動著身體，「阿叔，這是什麼魚？」

「吳郭仔啦！」阿叔收拾著釣具、魚網。

「阿叔汝咁會駛教我按怎釣這種魚仔？」

大概是遺傳我媽，接著我將在大魚池用肥美蚯蚓卻槓龜以及那邊小孩用霸王勾一氣清空魚池的事，一股腦說給眼前的這位阿叔聽。

「我以為有耐心就可以釣到魚耶。」

「不知道方法，只有耐心，汝等到嘴鬚打結嘛釣無。」阿叔笑說。

原來吳郭魚是一種會築巢的魚類，公的吳郭魚會用嘴在池邊比較淺的地方挖一個窩，挖好窩以後會找一條母魚，交配產卵。特別的是，母魚在窩裡產卵後會將卵含在嘴裡等小魚孵化。

「不怕吞了些魚卵？」

「不怕，這段期間母魚不吃東西。」

「那母魚不會餓死喔？」我把魚舉起來，想看看牠們的嘴有多大，雖然我根本不知道牠們是公的還是母的。魚眼好像在瞪著我，我連忙放下。

「不會啦，三、四天小魚就孵出來了，也是因為這樣，所以母魚都比較小。」阿叔接著說：「小魚孵出來以後，還是會待在母魚身邊，一直到能獨立了才離開。這段期間只要一有危險，小魚就會游回牠媽媽口中。」

「那公魚呢？」

十一

「公魚在外面趴趴走保護窩啦。」阿叔一邊點菸一邊笑著說，「我們要釣的就是公魚，公魚被釣走之後，很快，另一隻公魚就會占據這個窩，然後再找一隻母魚，再來生蛋孵小魚啦。」阿叔將裝備收拾完畢，「所以啊，相準了魚窟，就可以一隻接一隻了。」

「你們不要在池塘裡玩水喔。」阿叔揮揮手，朝我們進來的方向，走出了荔枝園。

我實在不願意再經過那座墳墓，因此跟阿迪說就沿著池塘這條小路繼續走下去，反正也是朝著大肚山的方向。阿迪同意了。

離開池塘的時候，阿迪問我：「你拿魚做什麼？等到回家時魚恐怕都臭了。」

「中午的時候我們烤來吃。」雖然我不像阿迪準備充分地帶了水壺跟餅乾，但我隨身帶著火柴。

除了烤地瓜，在溪邊玩的時候我們偶爾會抓些小魚跟小蝦烤來吃，因此火柴是必備之物。我為記得帶火柴感到有些得意，這是阿迪沒想到的事。我把魚舉到眼前：「原來牠長這樣子啊？」雖然媽媽常煮，但我還是第一次這麼近地觀察活生生的吳郭魚。我不是很愛吃吳郭魚，不過如果在野外烤來吃應該特別香，就跟烤地瓜一樣。

放眼望去，原本以為都是田間小路，出了池塘的這片林子後才走不久卻遇上了一條馬路，馬路不寬但是條結結實實的柏油路，這時候恰好有幾輛綠色的軍用大卡車駛過。

阿迪告訴停在丁字路口等著我們的嘎響說：「往上坡走吧。」

順著馬路走，才轉個彎便遇上了一個營區，剛才那些大卡車應該就是回到這裡的。

營區刷白的圍牆上方高高地伏著一長串圈起來像隻龍似的鐵絲網，好像在守護著營區，牆上漆著「三民主義統一中國」的鮮紅大字。就算是眷村出身的孩子，但對營區的陌生感大概也無異於其他人，畢竟這種職業可不是能夠隨便帶家人參觀的。雖然這麼說，但我們的確對部隊不陌生，每個月發放眷糧時，載滿了米、油等食品的軍用大卡車，在過年時會改載一堆阿兵哥到村裡舞龍舞獅。

或許關於部隊，我們真正熟悉的其實是軍用大卡車吧。

在經過營區門口時，走在最前面的嘎嚮突然用力擺起手臂，抬高腳步，注視著營門兩旁的衛兵，大聲喊道：「阿兵勾甲顱頭，甲尬嘴鹵歐颼颼。」

站在營門口的兩個衛兵揹著長槍，樂不可支地看著嘎嚮跟小花，其中一個胖子對我們說：「再過幾個月，天氣冷了的時候再來，那時候小黑應該長大了，餵肥一點噢。」

我跟阿迪想起小乖，馬上趨步向前催嘎響走快點，看到不遠處有條上坡的小岔路，我們立刻轉了進去，遠離那個胖衛兵的視線，又走進了荒野小徑裡。

走了一陣子，我要阿迪把小花交給嘎響，因為他一直不停地想來攻擊這些魚。這時候魚已經不掙扎了，直挺挺地動也不動，原本一開一合的嘴巴，再也合不上地張開著，眼睛還是又圓又大，只是不再那麼亮了。我撿了一支前端有分叉的樹枝，將魚掛起扛在肩上。

這附近不是果園便是稻田，這時候的稻穗已經有些轉黃，田埂兩邊的稻葉長得很茂盛，刷刷地刮著穿短褲的腿，讓人發疼。頭髮好像快燒起來了，脖子和手臂也被中午的太陽曬得又紅又脹。雖然日正當中，但是可以看見在遠方山的那一邊，有著一大片厚厚的烏雲好像快速地朝著我們這裡開始移動，偶爾還可以聽見悶悶的雷聲從烏雲的深處傳來。

「你們蛋，特志者麼？」跟小花走在前方的嘎響從田埂邊稻穗上取下了一張紙，揮舞著等我們。

在這之前，我沒真正看過共匪的空飄傳單。

「撿到共匪傳單，要交給學校老師。」校長老師這樣的宣導讓我更好奇共匪傳單到底長怎樣？當然，我一點都不懷疑有這種傳單，並不是我相信校長老師不會騙人，而是我知道真的有人撿到過。

我們班那個流鼻血的吳俊明，就曾經撿到。

上學期學期末，一天早自習時，他神祕兮兮地拿了一張紙交給老師，老師神祕兮兮地離開教室，回來以後公開表揚了吳俊明，要大家向他學習，並且宣布若是他持續表現良好會有很大的機會當選模範生。

我氣得要命，不是因為吳俊明被表揚，而是他竟然沒先告訴我這件事，多虧我們倆還是最緊密的投捕搭檔。不過他答應我，雖然學校嚴厲禁止，但是如果他再撿到的話會偷偷先拿給我看，條件是我要答應跟他投捕交換一次。

我後來有點後悔，因為那時他還沒流鼻血。

這張宣傳單雖然歷經了風吹雨打，但沒有太嚴重的破損，上面的文字跟相片依然清晰可辨。內容大致是說一個國民黨軍人投共以後結了婚，過著幸福快樂的生活。相片裡，一對夫妻抱著兩個小孩，笑嘻

十一

嘻的坐在一塊，相片旁斗大的幾個字——「溫暖幸福的家庭」。

我將宣傳單交給阿迪，拜託他幫我收在他包裡。

「你留這個幹嘛？」阿迪好像有點生氣。

「我要交給老師，看看能不能當模範生。」常常當模範生的阿迪似乎能理解這個理由，雖然不高興但還是將傳單收進了包裡。

不過我其實是想交給吳俊明，讓他交給老師。

我知道他想當模範生。而我不想流鼻血。

「我們應該要走快一點，好像快下雨了。」我對阿迪說。

過了這一大片稻田，遠遠的前方樹林裡有著一棟小房子，應該有可以避雨的地方。我希望大雨開始下的時候，能夠走到那個地方免得淋成落湯雞。

「嘎響，用跑的！」我對著已經走在前面的嘎響大喊。

嘎響也察覺到天氣不一樣了，拔腿狂奔。還好這時期稻田裡沒什麼水，因為小花大多時候是沿著田埂，跑在田裡。

就在接近農舍的時候，烏雲再也托不住雨水，斗大的雨珠一滴、二滴……由少變多的落下，打在田埂上，打在稻穗上，打在我們身上。好痛。

「衝啊！……」我揮舞著手中的軍刀，假裝自己是個在戰場上衝鋒陷陣、勇氣十足的指揮官。

十二

等到我們衝到屋簷下時，天空已經是一片陰暗，大雨劈哩啪啦凶猛地下著，屋簷雖然不長，但恰好給了我們一個足夠避雨的空間。

我們三個人一邊大口的喘氣，一邊大笑著，小花則使勁地渾身抖動甩掉水珠。

天色愈來愈黑，整個天空好像看不見星星月亮的夜晚。亮晃晃的閃電、霹靂般的雷聲愈來愈近，就好像打在我們面前。

「西北雨，很快就過了。」阿迪安慰著我跟嘎響。

「來討魚吧！」嘎響提議。

「好！」

「啊！」看著空無一物的樹枝，我驚呼道：「魚咧？」

魚顯然在慌忙奔跑避雨的途中被我掉落了。

嘎響失望的說：「我肚子好餓。」

「你們去找一些乾的木頭，我去把魚找回來。」

「雨這麼大，一定會溼透，不用了啦，我這裡還有一些餅乾。」阿迪邊打開包邊說。

「我想吃魚。」嘎響看著我。

「魚一定是掉在前面而已，應該很快就能找到。」我將火柴交給阿迪：「等一下烤個火，衣服很快就會乾了。」

雖然剛剛只有筆直地衝了一小段路，不過雨這麼大，我已經做好徹底淋溼的心理準備，索性慢慢地走出屋簷，沿著來時的田埂，四下尋找。

原本以為圈住魚的紅色塑膠繩在黃綠色的稻田間應該非常顯眼，很容易便能尋到，沒想到許多稻子上，都附著有在家廟阿公田裡看到的金寶螺的卵，阿公說：「這種夭壽螺ê害，後擺著知。」

不用等到以後，我現在就知道了。

粉紅色的卵粒或長或短的成團抱在稻子靠近底部的莖幹上，跟紅色塑膠繩有幾分相似，再加上天這麼黑雨這麼大，花了好一些工夫，才終於尋著落在田埂邊的魚，還好三條魚一條沒少。雖然在這種雨勢下，淋三分鐘和淋三十分鐘，溼的程度其實沒多大區別，不過當雨水不停地流淌在臉上、身上的時候，還是讓我忍不住在心裡學阿公咒罵：「夭壽螺！」並且順手摸了幾顆大的夭壽螺，揣進短褲兜裡，預備等一下報仇，烤來吃。

溼淋淋地回到屋簷下時，沒有阿迪他們的人影，等了一會兒，仍舊不見回來。時值炎夏，雖然不冷，但是溼漉漉的衣褲貼著身體的感覺，讓人非常難受。我決定去找他們，畢竟這木屋並不大，又下著大雨，他們不能走遠。

當我繞到木屋前門時，阿迪跟嘎響面向小木屋，蹲在門外。

「你們在幹嘛？」我詫異地問道。

小花迎了過來，我上前一看，門內泥土地上蹲著一個小女生，雙手捧著阿迪的營養口糧啃著。

是小花先發現屋裡頭這個小女生的。

阿迪跟嘎響沿著木屋四下找尋可以生火的木柴，繞到木屋前門的時候，發現門兩邊各疊放著一堆木頭，兩人在這翻找，想揀一些大小合適的，這時小花不停地對著門內輕聲哼叫並用前腳刨著，在阿迪感到有些害怕想拉著嘎響離開的時候已經來不及阻止嘎響。

嘎響抽開木栓，直接將門打開。

門一打開，只見這一個蓬亂短髮的小女生蹲在地上，抱著撲上去的小花，用臉摩挲著。看清楚是個小女生，阿迪反而不害怕了。但是問了老半天，她一直牛頭不對馬嘴，似答非答地回應著阿迪，始終也沒說她叫什麼名字。

十二

「她是誰？」我蹲下來問阿迪，嘎響很開心地從我手上將魚接了過去。

「不知道。」阿迪說。

「你是誰？」小女生問我。

小女生手上的餅乾吃完後，又將手伸向阿迪：「還要。」

阿迪將剩下的營養口糧全給了她。

「她是……阿達嗎？」趁她在掏餅乾的空檔，我迅速將中指食指交叉比在太陽穴的位置，問阿迪。

「嗯……」阿迪輕輕點了點頭。

西屯國小附近有固定的幾個精神狀況與眾不同的人出沒，有男有女。因為固定，所以大家都清楚他們的狀況跟習性，不會輕易去招惹他們，頂多是一些調皮的小朋友偶爾會鬧著他們玩，而這種鬧著玩也都有一定的界線與範圍，這些調皮的小朋友也都知道，一旦逾越了界線倒楣的就是自己，沒人會去責怪那幾個人。

所以我們並不會害怕他們。

「我們還是先生火烤魚吧，順便把我衣服烤乾。」我站起來將上衣脫掉說。

「啊……」

突如其來的尖叫聲，嚇了我們一大跳，我抓著上衣連忙蹲下來四處張望，不明白發生了什麼事。

小女生持續地尖叫後退，退到一塊大石頭旁，身體蜷縮成一團。

這時我們才了解，為什麼她會乖乖地待在屋內，不像西屯國小附近的他們那樣自由。

木屋的門雖然從外面拴上，但並沒有上鎖，兩片門板的間隙其實很大，不需使用工具，徒手便可輕易由屋內拉開木栓。

小女生的左腳踝上箍著一個連接著鐵鍊的鐵環，蹲著的時候被灰黑色連身長裙完全遮擋住。鐵鍊的另一頭鎖在一個我們推都推不動的大石頭上——實際上那是一個大水泥塊。

也在這時我們方才看清屋內的簡陋陳設，但那叫做陳設嗎？一張稱不上是床的木板、一床稱得上是破布的被單、裝了一半水的水缸、缺了角的碗、一雙筷子。

屋頂若干處漏下的雨水在泥土地上形成幾道小小的溝渠，急急的正往低窪處奔流出屋外。

屋內角落一個與屋外相通的深坑便是她的廁所。

我在台西外婆家看過這樣的廁所，不過那是真的廁所。

我跟阿迪有點被眼前的景象嚇到，愣在原地。

嘎響牽著小花先闖了進去。

阿迪招呼我一起上前去搬那塊大石頭，但我們上前時，小女生拳腳卻往我身上招呼，大喊：「不要。」

阿迪想了一下：「你把衣服穿上。」

雖然剛剛我已經稍稍擰過了，但衣服還是很溼，我不情願地穿了回去，還好有用，小女生真的停止了躁動。

起初連嘎響都過來幫忙，但是無論我們從哪個方向用力，大石頭始終聞風不動，阿迪與我便轉而看看有沒有將鐵鍊解開的可能。

「來討魚吧！」在我們研究如何解開鐵鍊的同時，嘎響已經在門口架好了木柴等著。

「好吧！」試了很久，無論是石塊上或是小女生的腳上，都無法解開鐵鍊，阿迪跟我無奈地放棄了。

雖然雨勢還是很大，好在木頭都還算乾燥，火生起來之後，烤魚的香味很快地四處飄散，小女生慢慢地爬了過來。

「想吃魚嗎？」阿迪問。

「想！」小女生跟嘎響同時回答。

吃著魚的小女生顯得很安靜而正常，說她正常是因為她一開口竟然問說：「你們有帶數學課本來嗎？」不，我其實不知道這時候問有沒有帶數學課本到底算是正常還是不正常。

阿迪很有耐心地跟這個小女生應答著，在阿迪跟她說話的同時，我忙著烤魚兼烤乾身上的衣褲，我一下站起，一下坐下，一下轉圈，嘎響學著我，小花也在旁邊雀躍地跳著，小女生看著笑了，也站了起來轉圈，這時候我們才發現她甚至比我還高。

十二

我一邊烤乾衣服一邊小心顧著烤魚——魚很容易烤焦，還要不停地去收集比較乾燥的柴火，阿迪則罕見地完全沒有幫忙。

他忙著跟小女生「聊天」。

小女生顯得很開心，除了教嘎嚮跳舞，也教我跟阿迪唱歌。很快地，小女生便好像熟識很久似地「阿迪」、「阿迪」叫個不停。「阿迪你會這個嗎？」「阿迪你會那個嗎？」她說了很多，但就是沒說過她自己的名字。從那些我聽起來亂七八糟的回應中，阿迪拼湊出其實這個小女生並不「小」，她應該已經上國中了。

夏天的西北雨果然如阿迪的判斷，很快地便收束了，魚吃完了，金寶螺扔了——那東西一點也不好吃，連嘎嚮都不愛——我的衣服乾了，太陽也已經不在頭頂上了。

「我們應該要走了。」我告訴阿迪。

阿迪讓我跟嘎響幫忙他將烤魚的痕跡清理乾淨，不讓別人發現我們曾經來過。

將門關上，合上門栓的時候，小女生只是呆呆地坐在地上看著，默不作聲。我們才轉身走了兩步便從屋子裡傳來她淒厲的哭喊聲：「阿迪！救我！放我出去！阿迪！救我！放我出去！……」

我們都停下了腳步看著阿迪，阿迪想了一會兒，打開他的包包拿出那個小十字架，走回小木屋的門口，將十字架從兩扇門中間的縫隙遞給她，說：「乖，別哭，把這個收好，它會保護你，下次我再幫你帶數學課本來。」

小女生停止了哭泣。

在我們走到小木屋後方要離去時，裡頭傳來了小女生清亮悠揚的歌聲，唱著她剛剛教過我們的：「可愛的風鈴草，臨風飛舞清香飄……」

離開小樹林走了一小段路後，嘎響開始對我們念著：「她吃了兩隻魚，她吃了兩隻魚。」

我笑著說：「你數學真好，該不會帶著數學課本來了吧？」

阿迪安慰嘎響說：「等到中秋節的時候，我們再來烤肉。」

聽到有比魚更好吃的烤肉，嘎響馬上停止抱怨，精神抖擻地又牽著小花走到了我們前面。

我笑著心想：「真好騙，中秋節都是吃柚子和月餅，誰在中秋節烤肉呀？不過，這主意聽起來不壞。」

的確，雖然魚是一隻一隻地烤來分著吃，但是除去給小花的魚頭，大部分的魚都給了小女生，我只嘗了一點，阿迪則完全沒吃，算起來小女生吃得最多，真的就差不多是兩隻魚的份量。

「她不是沒名字嗎？我們乾脆叫她梁之餘好了。」我提議，「反正梁伯伯家都生女的，多個女兒應該也沒什麼關係。」

阿迪也哈哈大笑地同意了。

小花停了下來坐在地上，露出肚子跟半截粉紅色的小雞雞，用後腳使勁搔著耳朵後的癢處。

「你有看到她……梁之餘身上的傷嗎？」我問。

阿迪點點頭：「你也看到了啊？」

「她被鎖在那裡真的很可憐。把小花綁起來是因為我們想養他怕被人發現，但是把梁之餘綁起來是為什麼？」

十二

看著被嘎響牽著的小花，我心裡想該不該再把小花綁著？

「不知道。」

「因為她阿達嗎？」

「可能是吧。」

「這樣就要把她鎖起來喔？學校附近那個『阿剁剁』那麼自由，整天在馬路上晃來晃去，小毛還被他剁過脖子耶。」

「阿剁剁」是西屯國小附近最有名的阿達，常常會用手刀剁小朋友的頭或脖子。

「可能狀況不一樣吧，梁之餘應該都讀到快國中畢業了，而且聽她說的那些，感覺她的功課好像很好呢。」

「應該真的不一樣，我沒聽過阿達唱歌這麼好聽的，阿剁剁唱的歌仔戲難聽死了，不知道梁之餘為什麼會變成這樣？」

我也不知道阿迪跟她聊了這麼多，除了討論了數學、國語等學校功課，梁之餘還告訴阿迪她的志願，她說她喜歡音樂喜歡小朋友，將來要考師專，要當音樂老師。

我從沒看過阿迪跟我以外的人說這麼多話。

學校下課的時候，有的時候我沒那麼忙，會跑到阿迪的班上去看看他在幹什麼，他總是安安靜靜地一個人在座位上翻著課外讀物，似乎沒有朋友。

「你真的要帶數學課本給她啊？」

阿迪聳聳肩沒有回答。

「你不是很喜歡那個十字架嗎？」

「嗯。不過我希望上帝能夠先保護她。」

我沒再接著阿迪的話說下去，而是偷偷地看了阿迪，我不知道阿迪為什麼需要上帝保護他，他的身上看起來沒有傷呀。

（「後來你們真的有給她帶數學課本去嗎？」我問。）

（老大搖搖頭：「當時根本不知道那是哪裡，況且我們也沒有機會再到那裡去了。」）

十二

多年以後，作為考上高中的禮物，媽媽給我買了台拉風的彎把公路車，高一開學前的那個暑假，行動範圍大多了的我幾乎整天都騎著那輛自行車到處悠轉。

雖然當時整個西屯地區早已經開始到處開發建設了，但是有一天，我確定自己回到了那片小樹林。

小木屋已經不見，僅剩下一些焚燒過後的殘骸。旁邊樹林裡，多了一座小小的墳，跟四弄那座一樣，小小的土包，小小的墓碑，上面沒有名字。

十三

「等一下。」我跟阿迪說，「嘎響跟小花。」我指著在後面的他們。不知道從什麼時候開始，嘎響跟小花遠遠地落在後頭，而我得要刻意用力才跟得上阿迪的腳步。

「我累了，我想回家。」嘎響拖沓著步伐牽著在他後頭垂著頭的小花。

其實我也想回家了。

「再走一下，你們看，山就在那裡了啊！」

大雨過後，山變得好近。

「好吧！」我拖著嘎響、牽著小花跟在腳步愈來愈快的阿迪後頭。

就在山愈來愈近時，我們聽見了水聲，一條河橫在眼前；沿著河，一條泥巴路向左右展開。

站在河邊，黃色混濁的河水偶爾夾雜著樹枝流過，也許是剛剛下過大雨的關係，水很多，看起來很深。

「我們回去吧，阿迪！」我沒看到附近有橋。

「不行！至少要到山上看看啊！」

「這裡沒有橋啊！」

「附近一定有橋的，我們再走走看。」阿迪有些急了。

「要走到什麼時候啦，我們不是說好走到中午的嗎？你看現在太陽都不在我們頭上了！」我肚子餓的時候常常會發脾氣。

「那你們先回去，我一個人繼續走！」

十三

「阿迪！」我拉住阿迪的手臂。

「我一定要找到那個降落傘！」

嘎響站在我們身邊，不知如何是好地看著小花。

「你找不到那個降落傘啦。」我大聲喊著，「根本就沒有紅色的降落傘！」

「我沒騙你，我爸……」

「你爸死了啦！」我也被自己的話嚇一大跳。

阿迪瞪著我，皮膚本來就白的他，這時更顯得沒有血色。

「啪！」阿迪一巴掌重重地打在我的臉上。

雖然我常被媽媽偶爾被爸爸修理，但不論被打得多慘，他們從來沒打過我的臉。

「你爸死了啦，他被槍斃了啦！」我流著眼淚大喊，臉頰又熱又辣，耳朵嗡嗡作響，外公出殯那天的那隻蜜蜂似乎又來了。

阿迪撲了過來，我聽不到他罵了什麼。

我不知道為什麼瘦瘦的阿迪有這麼大的力氣，他撲過來時，我擋不住地向後跌坐下去。

壓到了小花。

小花急急地向後退，跌到河裡去。

原本看著小花的嘎響，彎著腰向前探出手想抓住繩子，跟著跌了下去。

我推開阿迪，跳了過去，伸手要抓嘎響。

才摸到嘎響的衣服，剛下完雨的岸邊還很溼滑，讓我也滑了下去。阿迪翻過來想抓住我，但他撲了個空。

十三

我一直以為自己會游泳，直到現在才知道我不會。在村旁的小溪玩水時，就算跌坐下去只要一閉氣就可以馬上站起來，可是現在我踩不到底。河水非常混濁，流動的河水推著我，我看到小花和嘎響好像池子裡那兩支浮標一樣，浮浮沉沉。我拚命揮舞著雙手，伸長了脖子想要再吸一口氣，但是我吸不到。嗡嗡嗡的蜜蜂也飛走了，變得好安靜，聽不見任何聲音，連水咕嚕咕嚕的聲音都沒有了。

我被河水轉了個方向，看見了阿迪。

阿迪一直追著我們，然後，他跳了下來。

就在我眼睛將要沉到水面下時，眼前只有混濁的河水，我並沒有閉上眼睛，反而用力睜得很大。

腦袋變得好安靜好清晰，河水也突然變得特別清澈，什麼其他的念頭都沒有，只有一個畫面不斷地出現在我腦海中——爸爸媽媽抱著兩個妹妹，笑嘻嘻地坐在一塊，相片旁斗大的幾個字：「完蛋了，這次一定會被媽媽打死。」

兩張紙前後翻轉舞動著漂過眼前，我伸長雙手努力要抓，卻一直撈不到，兩手揮舞間，快要摸到了的「神愛世人」跟「溫暖幸福的家庭」變成一肥一瘦的兩隻青蛙，從我指縫之間蹬長了後腿游走不見。

菩提樹下的細碎光點幻化成一群閃亮的小魚，快速地游進前方的一個血盆大口，大口倏地閉上消失，與此同時，剛剛那三條魚卻赫然出現，牠們閉上了眼睛，同資訊展那台電腦螢幕上的飛機一樣，一格一格地游過全身僵硬的我的眼前，穿過牠們鰓跟嘴的紅色塑膠繩還在，勾住塑膠繩的那截樹枝也還跟在魚後面，我擠出最後一點力量伸出左手，終於搆著了那根樹枝，瞬間我的頭浮出了水面，我用力地張開大口想吸一口空氣，並且馬上將右手也搭上，雙手緊握不放。

突然，我的手臂被抓住，整個人立即朝半空中飛去，摔落地面，趴在岸邊。

我重重地咳了幾下，水花從我口中、鼻中噴出，在感到空氣進入鼻孔的同時，我猛力吸氣，彷彿要將全世界的空氣都吸進我身體裡面。

接著我看到一個黑影從河裡快速地爬出，手裡拖著一個人——嘎響。

然後，我又聽到聲音了，聽到自己猛力咳嗽的聲音，這時蜜蜂也回來了，嗡嗡嗡地鑽入我兩邊的耳朵裡。

嘎響就躺在我旁邊，臉朝天，一動也不動。

另一個人跪在地上，將嘎響翻了過來，用手掌大力地拍著他的後背，「緊！遐益擱一个！」急促而蒼老的聲音指揮著剛上岸的人。

一雙腿向下游奔去。

我跪了起來，兩手支在地上，深深吸氣、咳嗽。

一隻扇子般的大手不停地拍著嘎響，揉著嘎響，嘎響大哭了起來。

「好啊，汝無代誌啊。」老人站起來，弓著身子向下游快步走去。

不遠處剛剛奔跑過去的那人從河裡爬了出來，手裡勾著軟綿綿的阿迪。

我扶著嘎響站起來，踉蹌地跟在老人後面。

「害啊，這个囝仔無氣啊。」那人摸著阿迪的脖子說。

十三

老人蹲了下來，將阿迪翻過來，猛力拍擊他的後背，再將他翻過來對著阿迪嘴巴吹氣。

嘎響哭個不停，我也是。

我倆站在一旁看著兩個大人又搓又揉，又吹氣又按壓，手忙腳亂折騰著阿迪。

「嘔！……」阿迪突然大力地嘔了一聲，身體弓了起來。

老人趕忙將阿迪身體翻到側面，讓他將嘴裡的東西流出來。

跳到河裡將阿迪拉上岸的那人向後癱坐，長吁一口氣後大聲說道：「叫你們不要在魚池裡玩，啊結果你們跑到河裡面玩喔？」

「阿叔？」我看著那人叫道。

這不是在魚池那邊的釣魚阿叔嗎？

「汝嘛捌他喔？」老者對著阿叔說。

「阿東。」嘎響叫那老者。

「阿公！」我跟著驚呼。

這不是家廟裡的那個阿公嗎？

原來魚池邊的釣魚阿叔是大肚山上太子宮的管事，原本就約定今天要來載他舅舅——家廟阿公去宮裡開會，討論三太子聖誕的事情。愛釣魚的他知道阿公家附近有個池塘，所以一早便先到池塘，打算先釣一陣子，再去載阿公。在阿公家吃過午飯後載著阿公要到太子宮的路上，遠遠地便看見我們掉進河裡，趕緊停車叫醒打著盹的阿公，並且衝下車來救人。

也好在載了阿公，否則我們三個人同時掉到河裡，阿叔一個人恐怕是沒辦法獨自全部救起來。事後阿叔這麼說。

「阿舅！阿舅！」阿叔突然激動地對阿公大叫，「太子爺係真正靈

十三

聖啦！」

「按怎講？」

「汝看，這毋著係囝仔衫？一、二、三——囝仔三、囝仔衫啊。」

阿叔點著我們三人數數。

「ㄏㄧㄡ。」阿公眯著眼笑了，將意識已經清楚的阿迪扶起來坐著。

「咱先來去宮裡，予恁歇一下，再擱做打算。」阿公說。

我們跟著揹著阿迪的阿叔走到小貨車邊。他將阿迪安置在前座之後，從駕駛艙內取出一大塊布給我們，千叮嚀萬囑咐要坐在車斗的我跟嘎響一定要抓好，並且保證他會開慢一點。

小貨卡很快地開過一座橋，往山上的方向駛去。

我閉上眼睛，專心聽著風從後方呼呼吹過的聲音。

沒多久車子停在一座廟前，紅土地的廣場空蕩蕩的，廟前停了幾台摩托車。

我跟嘎響跳下車斗時，阿迪已經下了車，看起來他的精神好多了。

廟門屋簷下一張方桌旁，已經坐了幾個人，阿公向他們走了過去。

「你們跟我來。」阿叔領著我們朝廟旁的一間小屋前去，嘎響在後面跳舞似地不停縮著腳走，他的拖鞋被流走了。

「在這等一下！」阿叔鑽進門去，出來時換了一身衣物，同時手中也拿著幾件衣服短褲及拖鞋。

「把身上的衣服脫了拿到那邊曬，現在太陽大一下子就會乾了，先穿我的衣服。」他把衣服交給我們，同時臉朝著小屋旁努努嘴。

把溼掉的衣褲連同鞋襪掛在橫著的竹竿架後，我們回到廟前的棚下，阿叔站在那等著，阿公笑咪咪地跟其他人坐在方桌旁看著我們，從他們的表情看來，顯然他們已經知道了剛才發生的事。

「過來跟太子爺拜拜，謝謝太子爺，今天要不是太子爺，你們三個現在恐怕已經流到台灣海峽餵鯊魚了。」

阿叔雖然跟我們說國語，但是他對阿公跟其他人說的台語讓我感到很親切，聽起來跟媽媽和阿萬舅舅同一個腔調，舅舅說那叫海口腔，住在海邊的人都說這種台語。我猜阿叔也是海邊來的人吧。

我們三人拿著香跟著阿叔在太子爺的神像前站定，阿叔嘴裡念念有詞，我很熟悉這種儀式，媽媽拜拜時也常常要在神明前這樣發表演說。

隨後我們又跟著阿叔廟裡廟外拜拜、插香，兜了一圈。

拜完，「肚子會餓嗎？」阿叔邊說邊點了一支菸。

「我餓了！」嘎響舉手說道。

我們聽從阿叔的指揮，將飯菜從一個小廚房裡端出來擱在棚下另一頭的一張方桌上。

阿叔拿了一杯茶先坐了下來：「快吃飯吧！」

正要動筷時，嘎響大哭了起來：「小瓜！……」

我跟阿迪也放下了筷子。

「他在哭什麼？」阿叔喝了一口茶。

「我們養的小狗……」

「喔……我有看到那隻黑狗！」

嘎響繼續哭，我跟阿迪也都吃不下。

「好了好了，那隻狗不會有事啦！」

「真的嗎？」我們三人異口同聲。

「狗天生就會游泳，放心，他比你們強多了啦！」阿叔又喝了一口茶，搖著頭說：「人攏險險沒命啊，閣想著那隻狗。」

聽到阿叔說小花應該不會有事後，我相信他應該能夠回到華夏，我原本就知道狗認路的本領很強，只是暗暗地希望他經過營區時別碰上那個胖子。

「阿叔，為什麼你說是太子爺救了我們？」

我不知道為什麼阿叔一直說是太子爺救了我們，還要我們跟太子爺拜謝。

「吼，我來說給你們聽……」

原來，阿叔連續幾個晚上夢到太子爺囑咐他到河邊去拿小孩子衣服，他一直不知道是什麼意思。今天一早他要出門前，宮裡的主爐還發了爐，讓他心裡惴惴不安。吃午飯時特別跟阿公提起這件事情，阿公也不得其解，兩人決定到宮裡再跟太子爺博杯問問是不是太子爺想要換新的衣衫，不想在河邊就遇上了我們。

「什麼是發爐？」我精神好點，又好奇了起來。

「太子爺前插香的那個香爐裡面，整個著火燒了起來。」

「喔！」

「我就知道一定有什麼事要發生了，太子爺真是靈驗。」

嘎響專心吃著飯，我跟阿迪專心聽著阿叔說話。

「你們看，囝仔衫、囝仔三，恁三ê跋落水底ê猴死囝仔，就是在河邊的囝仔衫啊！」阿叔的手大力地拍了桌面一下，阿迪跟我都嚇了一跳，嘎響還是專心地吃著飯。

就這樣，阿叔在救起我們時直接想通了太子爺的指示。

原來剛剛在河邊，阿叔跟阿公說的就是這個意思。

十四

「阿叔，太子爺是誰？」吃飽了，我想要知道更多關於太子爺的事。

「讀過《封神榜》沒有？」阿叔對著我跟阿迪問。

阿迪點點頭，我搖搖頭。

「看過《西遊記》嗎？」

阿迪跟我都點點頭。

「《西遊記》裡有個拿長矛的囝仔仙……」

「啊！我知道了，牛魔王的兒子！」

「不是啦，那個是紅孩兒啦，他不是太子爺。」阿叔輕輕地彈了我的頭。

「太子爺，在拜其他神的宮廟裡，他鎮守中壇負責管理保護宮廟的五營神兵，所以又叫中壇元帥。我們這裡專門拜太子爺。太子爺本姓李，名哪吒，是托塔天王李靖的第三個兒子，所以又叫三太子。他媽媽懷了三年六個月才生下一個肉球，李靖以為是妖怪，用劍砍向肉球，一個小孩從裡面跳出來，這小孩就是哪吒。三太子從小就法力非凡，所以後來太乙真人收他為徒，他又變得更厲害。一次在東海邊玩水，為了一些事情跟東海龍王的兒子打了起來。哪吒失手將他打死，一不作二不休，乾脆抽了他的筋做成腰帶要送給他爸爸。」

嘎響坐不住，跑到廟裡到處看。

「東海龍王知道這件事以後，氣得不得了，帶著蝦兵蟹將要來算帳。李靖怕事情鬧大，先一步要殺了哪吒來向龍王交代……」

「啊？」阿迪跟我不約而同地發出驚訝聲。

「哪有爸爸要殺兒子的啦？」我還是忍不住地提出問題。

「先聽完再問問題啦！」喝了一口茶，阿叔說了學校老師常對我說的話。

「就在他爸爸動手前，哪吒為了不連累家人，割了自己的肉還給媽媽，剩下的骨頭還給爸爸，只剩靈魂還在。太乙真人發現了他的靈魂，念了咒語，用蓮藕當他的骨頭，荷葉當他的身體，讓他起死回生。太子爺從此更厲害，腳踏風火輪，身披混天綾，一手拿乾坤圈一手拿火尖槍，上天下地，法力無邊。」阿叔比手畫腳，有點激動。

嘎響遠遠地蹲在神桌前，看著桌底下剛剛拜過的虎爺。

「阿叔……真的會有爸爸要殺兒子的嗎？」從剛剛到現在，阿迪第一次說話。

「喂，別鑽到桌子底下！」阿叔朝著嘎響大聲叫著，制止想爬進去的嘎響。

阿叔點了一支菸：「那個是神話故事啦，正常的世界裡哪有爸爸會殺兒子啦。」

「世界上的父母沒有不愛自己孩子的，有時生氣，打他罵他也都是為了孩子好。所以你們要好好孝順父母，珍惜跟父母在一起的時候。」

阿叔吸了一口菸。

阿迪頭低了下來。

阿叔看了阿迪一眼說：「你們看一下屋簷。」

在廟旁的房間屋簷下，有幾個大小不一的鳥窩築在其間。

「是燕子！」我叫。

逢甲學院運動場的看台上也有許多燕子，他們學校運動會時，阿萬舅舅曾經帶我爬上去。大批的燕子在看台屋簷下築了好多巢，令人印象深刻；令人印象更深刻的是，地上好多燕子大便。

大概是這個阿叔勤打掃，也可能是燕子窩不像逢甲學院那麼多，大便也比較少的緣故，屋簷下的地面上大便並不多。

「燕子的爸爸媽媽，一天到晚辛苦地飛進飛出，到外面抓蟲子餵大這些小燕子。」

一隻不知是燕子爸爸還是媽媽此時飛了回來，小燕子們伸長了脖子張大了嘴唧唧猛叫。

「人也是一樣，你們的爸爸媽媽也一樣。」從口中噴出的白煙包圍住阿叔的臉。

此刻我覺得阿叔真像個神仙。

說不定他就是太子爺。

「你們住在哪裡？」阿叔站起來。

「逢甲學院那邊。」

「你們先在這裡等一下，也可以到附近走一走，別跑太遠。晚一點我載你們回家。阿叔要先去開會，農曆九月九日是太子爺生日，我們要討論怎樣給祂過生日。」阿叔看起來很愉快地笑著走向阿公他們那邊，「以後別在水邊玩啦！」

夏天的午後太陽很大，晾在竹竿上的衣物很快就乾了。我們換好衣服後，將阿叔的衣服放在門口的長凳上。

「我們再去拜一下三太子吧！」

「嗯！」阿迪也同意。

我們空手合十對著三太子拜拜，三太子真的就像阿叔說的拿著長矛、圓圈，腳踩在風火輪上。這是我第一次這麼仔細地在廟裡看神像，太子爺看起來就跟我們一樣像個小孩，這讓我不那麼怕祂，甚至有點喜歡祂。或許也因為真的可能是祂救了我。

再次拜完三太子，我跟阿叔說我們要在附近走一走。

走出紅土廣場一陣子後，嘎響落在後頭很遠的地方，我們停下來。

「嘎響！用跑的！」我手握成圈放在嘴巴上對著嘎響大喊。

嘎響走近時，我們才發現他手上拿了一支黃色三角旗，布旗很舊，被煙燻得有點黑。中間寫個「令」字，旁邊還繡了一些龍啊觔斗雲啊之類的花樣。

「你拿這做什麼？」我把布旗拿過來看。

「阿東給我的。」

「怎麼可能？」我想不透阿公什麼時候有機會交給嘎響這個。

嘎響想搶回去，我閃了一下躲開。

離太子廟已經有一段距離，我想還是等一下再拿回去好了。

「算了算了，如果是阿公給的，回去把它插在我們祕密基地，剛好保護我們。」我交還給嘎響。

「阿東說＃＄％……」嘎響開心地邊念著我們聽不清的話邊接了過去，然後舉著旗，「耶！」向前衝了出去。

「阿福，你真的相信是三太子救了我們嗎？」

「……我不知道，不過阿公跟叔叔救了我們，這是一定。」

夏天的風在山上的午後吹過路旁的樹，把熱氣留在樹上，吹過我們時，只剩清涼。阿迪和我沒什麼交談的一路享受這涼風。遠方嘎響拿著旗子離開道路快活地在路邊的樹林裡、草叢間穿梭。

「喂！喂……」嘎響在前方向我們招手。

「他該不是又發現了什麼水果吧？」我跟阿迪說。

「山上好像沒什麼果樹。」

的確，我們這一路走來紅土田裡盡是甘藷、花生、甘蔗。

我跑向嘎響：「發現什麼好吃的嗎？」

「不是！」嘎響搖搖頭，用令旗指向樹林裡：「你們但！」

「碉堡耶！」我回頭對跟著趕上來的阿迪說。

一座半圓形狀的大碉堡藏在樹林裡，被緊靠道路兩邊的樹林擋住，再加上碉堡迷彩的塗裝，所以碉堡雖然高大，但走在路上的時候並不容易發現它。

我們對碉堡並不陌生，元宵節時打炮仗的那個碉堡，好像一個細長的大吊鐘扣在逢甲學院前面，聽人說那是日本人用來保衛學院後方機場的機槍堡。關於碉堡的傳說總是最多，傳說歸傳說，小小的碉堡內部，早就被我們爬進爬出調查得一清二楚。但是即便如此，碉堡在我們心目中，神祕排行第一的地位依然沒有動搖，我們相信裡面一定有著還沒有被發現的通道或祕密。所以，每年的元宵節、中秋節，舉著火把探險的節日，逢甲前的碉堡一定是必到之處。

奮力撥開樹林間的雜草、灌木，走到碉堡底下時，碉堡更顯巨大。碉堡上下的幾處開口皆被封死，不像大學前那個機槍堡。我不死心，繞到碉堡後面。

十四

「欸！快來！」我在後面發現了鋼筋埋在碉堡牆上做成的爬梯。

「就算進不去也要爬到最上面去。」我對阿迪說。

「嘩……」爬到最頂端時，我不禁發出讚歎聲。

阿迪跟嘎響也都爬了上來。

我們坐在碉堡上，享受著夏日午後的風以及眼前的美景。眼前視野遼闊，一望無際。原來這裡是山上的最高處。山下散布著稻田、村落，更遠處就是大海。海面波光粼粼，閃耀著一片金黃。

「阿福……對不起，我不該打你。」

「沒有啦……都是我亂講話。」

「其實我早就知道我爸爸……不在了……。雖然從來沒有人真正告訴過我原因。」

「嗯……」

「昨天看到跳傘時，讓我想起小時候爸爸跟我說的事……」阿迪用手擦去臉頰上流下的淚水，平靜地說。

「我真的想看看傘兵們跳下來的地方。我想這樣或許是能夠最接近他的方式……」

「沒關係啦……」我不想問阿迪是不是真的看到了紅色降落傘。

「謝謝你陪我來這一趟。喔，還有嘎響。」阿迪拍拍嘎響的背。

嘎響呵呵地笑著，在半空中揮舞著令旗。

「不過，我們也算真的找到了降落傘吧！雖然不是紅色的。」我拍拍屁股下的碉堡。

「對啊，好大的降落傘。」阿迪笑了起來，「將來不管我搬到哪裡，我永遠忘不了和你們在一起的今天。」

「我也是。」

「好，左輪手槍，一言為定。」我跟阿迪同時比出手槍的動作，食指相碰。

藍色的天空裡沒有一絲雲。

「哎呀！」我跳了起來，「我們快走吧，希望阿叔他們開完會了，我最好在太陽下山前回家，不然就慘了。」

十四

出了樹林，我們沿著路快步走著。

一輛紅色車子揚起一陣塵土超過我們，在不遠處停了下來。車門打開，一個人從車裡出來。

「啞巴！」我跟阿迪同時發出驚呼。

「啊……啊……」啞巴站了出來在車旁向我們招手。

雖然對方是有點可怕的啞巴阿姨，我們還是興奮地快步跑到車子旁邊，我好像有點了解他鄉遇故知的感覺了。

「魯伯伯好！魯阿姨好！」

「好！好！你們來這玩啊。」魯伯伯也下車來。

「……嗯……」

「要回家了嗎？」

「嗯！」阿迪和我對望了開心的一眼。

「上車！上車！」魯伯伯拍著車頂喊道。

嘎響馬上鑽進車子後座，阿迪和我跟著進到車子裡。

「魯伯伯，我們先到前面的那個廟停一下好嗎？」

「沒問題。」

跟阿公阿叔在廟前告別時，阿公跟我們說可以再去找他，不是去抓青蛙，而是稻田收割後可以到他田裡焢窯。阿叔再次交代我們別到河邊去玩，還要在心裡記得謝謝太子爺。我們大聲應好。

上了車，「啊……啊……」啞巴阿姨很開心地在前座比手畫腳的說著。

「今天早上帶你們魯阿姨回她娘家，原本打算吃過晚飯才走。你魯阿姨不知哪根筋不對，才三點多就吵著要回家。可真巧，竟然在這遇見你們。」魯伯伯從鏡子裡看了我們一眼。「剛剛經過你們時，你們魯阿姨拚命拉著我，要我停車，我還不知道發生什麼事呢。還是她眼尖。」

「阿姨家住這附近啊？」說起來，我幾乎沒和魯伯伯交談過，和啞巴阿姨「說話」的次數比和魯伯伯還多得多。

「她娘家住在靠海的那邊，翻過這座小山過沒多久就到啦！你們放暑假了吧？」

「明天還要再上半天課才放假。」窗戶外的風呼呼地吹得我的臉麻麻的，我把車窗搖起來。

「喔，年輕人是該出來多走走。不過，你們跑得可真夠遠！」嘎響在另一邊豎著令旗，讓風翻動著。我試著在關起來的車窗上呵氣，在結成霧的玻璃上胡亂畫著。

路上人愈來愈多，窗外的景物似乎開始變得熟悉，經過清靈宮時，我知道快到家了。

「魯伯伯，可以在這停嗎？」當車開到村子口時，我突然想起一件事。

「要在這下車啊？」

「嗯，我們要先到別的地方去一下。」

「好吧，可別在外面逗留太晚，免得挨揍啊！」啞巴跟他一同笑了起來。

「還是都啞巴告訴他的？」我心裡懷疑著。

真稀奇，魯伯伯沒孩子，但是也知道一般家長的壞習慣。

「我要先到基地去拿我的棒球手套！」我告訴莫名其妙跟著下車的阿迪及嘎響。

兜了一大圈，我們先繞到逢甲大學圍牆邊，再往祕密基地走。

「小瓜！小瓜！」接近基地時，嘎響衝上前去大聲叫著。

小花拖著那條變成黑色的童軍繩，在我們三人之間跳躍奔竄，我們也激動地圍著小花又抱又摸。

「阿叔沒說錯！小花真的自己回來了！」我興奮地對著阿迪說，同時心裡慶幸小花沒遇上那個胖子。

「是啊！」阿迪笑著拾起被嘎響丟在地上的令旗。

到了祕密基地後，我拿出手套，同時要阿迪把令旗插在入口邊上。

「希望太子爺能一直保護我們！」不知這樣的做法對不對，我們還是要嘎響跟著我們朝著令旗拜拜。

「你們要回家了嗎？」雖然是坐魯伯伯的車回家，這時太陽也已經快下山了。

「我想先到瞭望台去，你牽小花和嘎響先回去。」

「我也要去。」嘎響說。

十四

「那我先帶小花回去了喔！」走到大樹時我跟阿迪說。

阿迪跟嘎響對我揮揮手。

牽著小花跨過小溪後，才跑幾步，小花停了下來，「嘿！你們看，小花會抬腳尿尿了耶！」我回過頭跟阿迪他們大喊。

「他長大了！」我轉過身一邊後退跑一邊笑著對阿迪跟嘎響翹起大拇指，他們兩人也都笑了。

衝到巷尾斜坡時，太陽已經染紅了西邊的天空，幾隻燕子在餘暉中穿梭飛翔。正想要牽小花先回他的窩時，一個人站在正要下山的太陽裡吸著菸，橘紅色的太陽在他後方籠罩著，以至於我根本看不清他的臉，雖然只能看出全身的輪廓，但我一眼便知道是誰。

「爸……」我放慢腳步走到爸爸面前。

「在外頭耍了一天啦？」爸爸伸手摸摸我的頭。

「嗯！」我不想騙他說我去打棒球。

「走吧！你媽應該煮好了，回去吃嘎嘎。」

「我先把狗牽去綁好。」

「這你陰倒養起的啊？」

「嗯……」這時候否認也來不及了。

「牽回屋裡頭吧，綁在外頭招呼賊娃子來偷走就不好了。」

「可是媽媽一直不讓養狗啊！」

「我跟她說，包在我身上。」

「耶！」我高興得跳了起來。

走在爸爸身旁，我回頭望向瞭望台那邊的阿迪和嘎響，西沉的太陽將爸爸和我的影子拖得好長好長。

我想跟阿迪他們說：「小花終於有真正的家了。」

紅色降落傘

十五

「阿迪搬家後你們就沒再連絡了嗎？」雨已經停了，我將車窗放下，熄了火。

「原本說好會寫信連絡的，但是我從來沒收到過。不要說信，連電話都沒有過。」

老大仰頭喝乾了瓶裡的水，「我媽那時候安慰我說，升上國中的阿迪應該是課業太忙，所以沒時間寫信。我後來也相信了，自己升上國中以後，上課考試考試上課，覺得睡覺的時間都不夠，沒收到阿迪的消息似乎也不是這麼的不合理了。」

「上了一中以後……」老大轉頭對著我強調，「在台灣，一中只有一所，說一中就是說台中一中，『台中』算是贅字。」

「好好好，收到了。」我笑著回答，心裡為台南一中感到抱歉。

「我想以阿迪的程度，上一中是絕對沒問題的，再加上根據我媽的情報，他們應該是搬到了南投，中部的高中第一志願……」

「是全台灣高中的第一志願吧？」我幫腔道。

「對，對，可惜了中部以外的學生沒機會來讀。」老大笑著繼續說：「我曾經刻意一班一班的找過，但是就是找不到他。」

「對了，我在一中的時候發生了一件不可思議的事。」老大坐直了起來，好像突然被電到一般。

「記得我說的阿萬舅舅吧？」

「當然。」我點點頭。

「你猜我後來在哪裡遇到他？」

「哪裡？這要怎麼猜？世界這麼大……」我看見老大迫不及待的

表情。

「不是……台中一中吧？」我囁嚅答道。

「不是台中一中。」老大大笑，「是一中，一中！」

「啊？阿萬舅舅回去讀高中？一中有好到大學畢業後再回去讀嗎？」我連珠炮般回應。

「誰說他回來讀書？」

「啊，他去教書？」

「也算是吧。」老大也將車窗放下，「高三上學期剛開學不久，一天早晨升旗的時候，站在隊伍裡，聽著司令台上的教官整隊主持升旗儀式，覺得那個口音怎麼這麼熟悉，懷疑會不會是透過麥克風跟廣播所造成的效果。止不住內心的問號，第一節一下課，我馬上衝到教官室去看今天的值星教官是誰。」

「真的是阿萬舅舅？」

十五

「對。我在教官室等了一下，終於在門口等到要回教官室的他。」

「他看到你應該很開心吧？當初那個纏人的小子竟然上了中部，呃，不，全國第一志願。」

「說得好！」老大大笑，拍了我肩膀一下：「不過他認不得我了。」

也許是笑過了頭，老大狂咳：「……我擋住他去路跟他敬了個禮，他問我有什麼事，我開宗明義直接問他：『教官是不是逢甲大學畢業的？』

「『你……怎麼知道？』看得出阿萬舅舅嚇了一大跳。

「『教官是不是住華夏？』

「阿萬舅舅停了一下，『阿福！』他激動地伸出雙手掌住我的肩搖晃著。

「不知道阿萬舅舅是看到我的名牌，還是認出了我。原來阿萬舅舅並沒有延畢，我們在教堂相遇時，他其實已經畢業了，正等著兵役通知。不知道為了什麼他服兵役時，直接轉服志願役，再通過考試取得轉任教官資格，然後輾轉就到了我們學校來。」

「緣分真是奇妙啊。」我故作老成感歎道。

「再次相遇相信阿萬舅舅跟我一樣高興。但是彼此交談的時間並不長，後來也只偶爾在下課的校園裡碰面時短暫的交談。人的際遇是不是奇妙我還不敢說，但當時與阿萬舅舅之間的那種有點陌生的熟識感，真讓我時不時地感覺很奇妙，或者說奇異。」

「有教官在學校罩著，應該比較好過吧！」

「那是。中午不午睡跑去打籃球被抓、抽菸被抓，反正最終目的地是訓導處的處分，常常都被從輕發落。」

「現在和阿萬舅舅還連絡嗎？」

「沒有。」老大微笑著搖搖頭，「直到現在跟你提到他的這個當下，我才想起來，一中畢業後我們竟然連一次都沒再碰到過……。或許這才真正是緣分的奇妙之處吧。」

「也許他不是讀高中呢，現在谷歌功能這麼強大，你試著找過嗎？臉書呢？」

「你說阿迪嗎？嗯，我也這麼想過，當然也試過在網路上面搜尋，同名的不少，但沒有一個是他，好像就從這個世界消失了似的。有時候想想，現在能從網路上消失恐怕真的還比較不容易呢。」

老大將空瓶隨手扔到後座，卻傳來一陣震動的聲音。

「老大，你的手機在震動。」

不知何時，老大的手機掉到座椅底下，摸了一會兒，老大撿起手機，看了下螢幕，接起電話：「小宏。」

老大對我點頭，示意我發動開車，「喔！好，好，我們馬上趕回去。」

「他同事回來了，我們可能要快一點。」老大拉起安全帶準備扣上。

「我本來還想開進去你們那個村子裡逛一逛的。」車子往前開在福星路上，左手邊便是老大他們的華夏新村。

「有什麼好逛的？現在看這些巷子真窄啊，小時候怎麼一點都不覺得。」老大前傾側著頭望向村子裡。

「你那些朋友都還住那裡嗎？那個嘎響咧？還住那裡嗎？喔，還有那個小毛，真想親眼見見他們。」

「幾十年過去啦，多半都不在這了。嘎響，大概在我高三的時候吧，聽說他在外地一個工廠工作時被倒下的機器砸死了。」

「啊？」

「嘎響算是最早走的。小毛……」老大沒有說小毛去哪了，「你知道嗎？我們那一弄短短的才十幾戶，有多少我這個年紀上下的孩子？我算算……五十一個，都集中在這個年齡層。」

「難怪你小時候這麼好玩。」

「對呀。」老大笑了笑：「我們這些人裡面有軍官，有老師，有毒販，有煙毒犯，有警察也真的有強盜……，你猜猜小毛是哪一個？」

老大今天真愛讓我猜。我沒有回答，老大也沒有追問下去。

「除了嘎響，還有幾個小夥伴也出了意外走了。伯伯們也老了，走了大半。聽我媽說，這裡面就剩幾個上了九十的老伯伯了。」老大感歎道，「不只人事全非，這附近景物更是全非，在我升國中的時候這一帶開始開發，大草場、小溪、大樹、菜園通通都變成道路跟房子，地貌發生巨大的改變，外地搬來的人也多了，只有村子倒是萬年不變，還是同樣的格局。聽我媽說裡頭很多都改成套房，分租給學生或遊客，連我女兒她們來逢甲玩都還租過裡面的房子哩。」

「也許下次跟老婆來時，也可以試試住那裡面。」我心裡想。

返回分局的途中，我們並沒有交談太多，大概是說了一下午，說多了，老大現在瞇著眼睛靠在椅背上休息，可能也是想養養精神，好面對等一下的阿國仔。

下班時間，路上的車有點多，我心裡有點急。聽了一下午老大跟阿迪的故事，我也想知道阿迪的下落。

將車停妥在分局旁的停車場時，我才叫醒老大，我想跟老大一起詢問阿國仔阿迪的下落。

「丁先生嗎？副座請你直接上樓找他。」門口值班的員警已經換了人，不過顯然廖警官已經事先交代過了。

走進分局要上樓之前，我特意瞄了下拘留室，從半掩的門看進去，裡面空蕩蕩的沒有人。

廖警官講著電話發現我們站在他的辦公室門口，馬上站起來邊說電話邊走過來。

他手摀著電話，輕聲跟我們說：「他在偵訊室裡。」他用下巴指了指邊間的方向，「有一件緊急的事情我先處理一下，你們先自己進去。」廖警官沒有出聲音地張著嘴對我說：「小心一點。」

我點點頭，跟著老大走進偵訊室。

十五

這裡的格局、擺設與樓下的拘留室差別不大。阿國仔還是跟中午我們離開時一樣趴在桌上呼呼大睡，像是連人帶桌直接被搬了上來一般。

老大坐到了他正前方，面對著夾雜幾絡灰白的蓬頭亂髮，敲了敲桌，「阿國仔。」

「阿國仔。」老大加大力道。

「……你們怎麼又回來了？啊賊頭咧？不是都問完了？」阿國仔睡眼惺忪地抬起上半身。

「我想再跟你聊聊。」

「聊什麼？沒什麼好聊的。」

「跟我說說你和阿迪怎麼認識的？」

老大從口袋裡，拿出一包尚未開封的香菸及打火機，推到阿國仔面前。

「嘿嘿，有意思，你戒菸啦？」阿國仔拿起香菸，在手掌上敲了敲，撕開包裝，取出一支菸來。

「我的事你知道的還真不少。」老大拿起打火機，笑著幫阿國仔點上香菸。

阿國仔點起香菸深吸一大口，吐出煙來，「喔，我知道你抽菸，可是不知道你戒菸了咧。」阿國仔用力將煙吐向天花板，哈哈大笑起來。

「我戒很久了。」老大顯然不想繼續跟他糾纏在他是如何得知戒菸的事情上。

「你不想跟我說阿迪在哪，至少跟我聊聊阿迪的事情，你不是知道阿迪跟我是好朋友嗎？告訴好朋友好朋友的事應該不過分吧？這應該也是你中午的時候叫我的原因對吧？」

阿國仔又吸一口菸，瞇著眼睛說：「跟你一樣，我跟他也是好鄰居。」

十五

「嗯？國中時候？」

「嗯。說起來應該是我先認識他的。他搬到我們育幼院附近的時候還是暑假，每天中午我都會偷跑出育幼院，到他們家旁邊的巷子裡，坐在有著一小塊陰影的排水溝上。誰受得了每天中午午睡啊？」阿國仔看著老大笑了起來。

「午休的時候，他那在附近上班的繼父常常都會帶著午餐回家。等那老頭騎著野狼再去上班後，阿迪就會出門。紅通通的臉，滿頭大汗地在陽光下從我面前跑過。沒種的他常常都邊跑邊哭。」

「他幹嘛哭？」

阿國仔搖搖頭，沒回答老大的問題接著說：「真正開始接觸他，是在國一上，學期末的時候，那次他被他媽修理得很慘，他媽媽一把鼻涕一把眼淚用雞毛撢子抽他，他跪在客廳裡也一把鼻涕一把眼淚地一言不發，我趴在他家窗戶上看著他……」

「他為什麼被揍？」

「還不就是功課一把爛。」

「不可能，我記得阿迪功課很好，他國小可是市長獎畢業的耶。」

老大一臉不相信。

「哈，汝係去看到鬼喔？上課不是睡覺就是發呆，作業不是沒交就是亂寫，功課還會好大概只有神仙做得到。我們也算是不打不相識吧，雖然是他媽媽打他，哈……」

聽他這麼說，我卻一點也笑不出來。

「從那天開始，我們算是真正地混到了一塊。」阿國喝了口水。「我早就跟他說過，與其坐在課堂裡睡覺，還不如去外頭吹吹風。他終於想通了，從此，我跟他，唔……阿迪說這是焦不離孟，孟不離焦。我們翹課、偷車、打架，無所不來，不過這傢伙膽子小，沒啥出息，通常不敢動手。」

這差太多了吧，很難相信這些是老大口中的阿迪會做的事，老大一定也這麼想。

「我們常常騎著偷來的摩托車到處去，也常去逢甲。對了，光是那棵大樹就不知爬上去幾次。雖然他從來不進去你們村子裡，不過遇過的人可真不少……怎麼？你不相信？」

老大並未作聲，而是緊皺著眉頭盯著阿國仔。

「啞巴，對吧，你們鄰居有個啞巴女人。還有，我記得那是最後一次去，我們發覺大草場那裡卡車、怪手開進開出，好像要開新路了。阿迪說他要去你們的祕密基地拿個東西，結果就在那裡遇到了那個怪人，牽了一條黑狗。」

「嘎響，他跟阿迪遇到了嘎響。」我心裡想。

「怪人說話我聽不懂，阿迪倒是跟他聊得很愉快，最後還跟他說別告訴你他遇見了阿迪，我想他就算跟你說你應該也聽不懂，哈哈。」

阿國仔仰頭大笑。

老大一動也不動，只是雙眼一直沒有離開阿國仔。

「阿迪！」老大突然大吼一聲，雙手抓住阿國仔的大衣領口，瞬間將他拉到眼前，「你就是阿迪！」

「幹！汝衝啥潲！」阿國仔手握著老大的手腕想扯開，暴怒道。

我趕緊趨前，擋在兩人之間，將他們隔開，「老大你冷靜點。」

「阿迪，你就是阿迪。」老大漲紅了臉，堅持著。

阿國仔怒吼回道：「神經病，我叫程、義、國，包工程的程，不公不義的義，家國不幸的國啦！」

程義國坐正，扯了扯大衣及襯衫領子，「我是阿迪？哈，你喝多了吧，渾身酒氣，就跟你婚禮那天一樣。阿迪當著你的面跟你老婆拿喜糖，還跟你恭喜你都沒看出來，當時他還跟我打賭你一定認不出來，結果現在我還是阿迪咧，哈！你回去翻翻婚禮的禮金簿，如果還在的話，那上面還有本大爺的名字，程、義、國咧，哈哈……」

「你這個項鍊哪裡來的？」老大回復了坐姿，稍稍平復了下來。

這時我才發現程義國的脖子上掛了一條項鍊，銀色的十字架墜飾，在他襯衫裡若隱若現。

「哈，原來你也認識這個項鍊喔？」阿國仔又拿起桌上的香菸。

我連忙在地板上尋著剛剛被打落的打火機交給他。

「除了逢甲，我們最常走的就是阿迪他說的『紅色降落傘』之旅啦，他說那是他這輩子最懷念的一天。」

忘不了那天的顯然不是只有老大一個。

「張廖家廟、後來被拆掉的教堂、被填平的魚池，都不知道走了幾次。部隊還在，阿迪還說那個會吃狗肉的胖衛兵應該退伍了。山上的太子廟，哈哈，那個叔仔也很能喝。還有那個大碉堡，阿迪說那就是你們找到的降落傘，哈哈，笨死了。」

阿國仔瞇著眼睛吁出一大口煙，他說得這麼詳細，連我都要認為他是阿迪了。

「你別急。」阿國仔阻止剛想開口的老大。

「阿迪身上一直帶著一本數學課本，他說他曾經答應要帶給一個住在小木屋裡的女孩子，喔對，兩隻魚，那個女孩子的名字，他說你幫她取的，哈哈。」阿國仔乾笑著，「找了很多次，比跟廟裡的叔仔喝的次數還多，終於找到了那個小木屋。」

「所以你們有遇到梁之餘？」老大激動了起來。

「沒有。」程義國搖搖頭，「我們在小木屋裡坐了很久，要離開的時候，阿迪在那塊大水泥的下面發現了沾滿泥土的這個。」他掏出那個十字架墜飾，「離開小木屋後，他在林子裡找到了那個墳墓，兩隻魚的墳墓。」

「你，不，阿迪怎麼知道那是梁之餘的墳墓？我記得墓碑上……」

「問的啊，你以為我們怎麼找到那間小木屋的。好不容易在那附近的竹林裡遇到一個正在挖竹筍的歐巴桑，她告訴我們那個小木屋怎麼走，順便跟我們說那個瘋女孩死了，就隨隨便便埋在那片林子裡，可憐喔……」

「那果然就是梁之餘的墳墓啊。」我心裡想。

「阿迪跪在墳墓前，瘋狂地又哭又叫，拿石頭敲掉墓碑上面的名字，說那不是她的名字，搞得滿手都是血，還是我制止的咧，我怕他會把墳墓挖開，哈哈。」

「所以你們去的時候小木屋還沒燒掉？」我問。

「啊，那個就是我們燒的啊，哈哈……」程義國仰頭大笑不止，

「阿迪說，梁之餘不在了，小木屋也就不需要了，我們去買了桶汽油，等到晚上再回到小木屋，阿迪一把火就把它給燒了，夜裡的樹林中，那個火，美呆了。阿迪看著大火說十字架根本就保護不了她，也保護不了任何人，順手便要扔進火裡面的時候，被我阻止了，我看著漂亮跟他拿了過來。」

「放火？……殺人放火，我看根本就是你幹的吧？我才不相信阿迪敢放火燒房子。」老大回道。

「哈哈，你還真沒說錯，大概是放了那把火，給了他膽子，回去不久他真的就殺人啦，哈哈。」

「啊？殺人？殺誰？」我跟老大同時驚呼。

「不然你以為我為什麼進去蹲？」程義國輕蔑地看著我們。

「不就是你殺人嗎？」不等老大開口，我插嘴道。

程義國哼了一聲後，說：「快過年的一個深夜裡，阿迪他媽跟那個王八蛋吵了起來，大概是終於知道他做的那些骯髒事，阿迪的媽媽跟他打了起來。王八蛋不只狠揍了阿迪他媽，還抓著他媽的頭髮撞牆。看到滿臉是血的媽媽躺在地上，阿迪哭著從樓上衝下來，手裡握著那把刺刀，就是你們祕密基地裡的那把，狠命地捅在那王八蛋身上直到他動也不動地倒在血泊裡。阿迪跪在他媽身邊拚命搖著他媽，哭喊著，他媽無法動彈，翻著眼睛不停地對阿迪說：『媽媽對不起你……對不起你爸……我對不起吳家的列祖列宗……』就在外頭鄰居開始開燈想要出門一探究竟時，我先一步爬進他家圍牆。」

我感到自己的眼眶溼溼的。

「阿迪滿手是血，跪在地上摟著他媽，嚎啕大哭，不知所措。我進了屋子，要那個膽小鬼先回他房間去躲起來。不知道是誰報的警，很快警察就來了，我直接跟警察認了，說是我殺了那王八蛋。」

「他媽媽呢？還有阿迪呢？」老大聲音有點顫抖。

「那次他媽媽被送進醫院後，沒過多久便死了！」

我歎了一口氣，靠坐在椅背上，老大眼眶紅了。

「阿迪？偶爾來裡頭看看我，等到我出去後才又再混到一起。我在裡面深造的時候可搞不清楚他在幹嘛。你結婚那個時候，剛巧我再次畢業出來不久，就被他拉著一起混進你的宴客會場去，這才認識了你，知道他常談起的你長得啥樣。」

程義國抖著他的腳，老大跟我一時無話。

「阿迪呢？在哪裡找得到他？」老大不死心。

「嘖！你應該看得出來，阿迪腦袋比我好使得多了，我在裡面他在外面，只有他找我的份，我上哪兒去找他啊？」程義國一臉不耐煩。

「你們好了嗎？」廖警官探頭進來。

「你跟阿迪再碰面時跟他說一聲，就說好朋友想他了，讓他來找我，我想他應該找得到我才對。」老大起身。

「我會跟他說，不過他會不會去找你我就不知道囉。」程義國將桌上的香菸連同打火機收到了他大衣口袋裡。

關上門出來後，「這傢伙履歷很豐富，從未成年開始就進出感化院，你還是少跟這種人打交道。」廖警官好心勸道。「我看過他的資料，沒有什麼太嚴重的暴力犯罪，大都是些小事，所以我才放心讓你們倆自己進去。」

「嗯，我知道。」老大點點頭，「能讓我看一下他的檔案嗎？」

老大看起來還是不死心。

「好，他的檔案還在我桌上。」

進了副局長辦公室，老大一拿到檔案便急急翻開第一頁，我也立即湊上去看，檔案第一欄清清楚楚地寫著「姓名：程義國」。

老大歎了一口氣，草草往後快速地翻了幾頁後，將檔案交還給廖警官。

「他等一下就要被送回去了，你沒什麼其他的事了吧？」

「嗯，不好意思，麻煩你太多了。」

「幹，這是什麼話，下次要來之前先說一下，我找其他同學大家聚一聚。」

「好，你別送了，我們自己下去，保持連絡。」

「那我就不客氣了，柏漢，開車小心，好好看著他喔，我看他酒是還沒醒。」廖警官爽朗地笑了。

從停車場駛出來後，我問：「老大，那個程義國長得像阿迪嗎？」

「我不知道。」老大搖搖頭，「就是說不上來像或不像，但我總覺得哪裡怪怪的，可能真的喝多了吧。」

十五

「人真的能變這麼多嗎？」

「如果真的是阿迪，我可能認不出來嗎？剛剛在聽程義國說話時，我一直在想這個問題。但是一想到阿萬舅舅，也不過才六、七年他就認不出我來了，會不會就算是阿迪站在我眼前，我一樣也認不出來？更何況這都過了將近四十年啊。話說回來，聽我爸說他第一次返鄉探親時，雖然隔了四十多年，他還是一眼就認出了自己的親哥哥，可能有血緣還是有差吧，每天照著鏡子也等於在複習親兄弟的臉，所以還是要長得有點像吧！」

「對啊，我剛剛也有想到你那個阿萬舅舅的例子，所以在你看他檔案的時候，也急著想看看他是不是真的叫程義國，他倒是真的沒有騙我們。但是他說他殺了阿迪的繼父，這麼重大的紀錄怎麼他的資料上沒有？難道這是他編的？」

「少年犯罪的紀錄會被塗銷，所以就算他說的那件事是真的我們也看不到，不過知道了他的確不是阿迪，我就沒勁了，唉……」老大歎了口氣，「欸欸，前面這裡就可以右轉了，等一下接中港路，左轉直接就可以上交流道了，中清交流道那邊的路比較複雜，太容易塞了。」

老大似乎清醒多了，熟門熟路的提點我。

「中港路？你說的是台灣大道吧？」換我提醒老大。

「對，對，現在改叫……」老大突然急急地拍著我，「停！停！你先靠路邊停一下。」

老大拿起手機，按了幾下，開著擴音的手機傳出撥通的嘟嘟聲。

「喂！媽，媽。」

「阿福喔？你今天要回來嗎？」

「沒有啦！媽，以前在華夏住我們對面那個阿迪，你記得嗎？」

「阿迪？」

「吳艾迪啦，他爸爸不在了的那個吳艾迪，沒住多久他媽媽又嫁人搬走那個啊，還記得嗎？」老大聲音愈來愈大愈來愈急。

「喔……我想起來了啦，吼……那個阿迪吼，也是個可憐的孩子……」聽起來伯母也有一大篇故事可說。

「好啦，好啦，媽，那個吳阿姨，就阿迪他媽媽，你知道她娘家姓什麼嗎？」

「娘家喔？」伯母停了一會，「姓……陳厂一ㄡ？」

「是陳還是程？」老大用台語再說一遍：「係陳抑係程？」

「程啦！」伯母用台語回答。

「回去！回去！快！」

我打起精神拚了命超車閃車，趕回分局時在分局對面的車道被紅燈擋了下來。

老大等不及了，開了車門便跳下車，剛跑到車頭處又馬上折回來，他在後座拿出那把紅色的雨傘，朝著分局時而前衝時而止步地閃著車，跨過分隔島奔了過去，開過他身邊的車憤怒地長鳴著喇叭。

綠燈才亮時，我也管不了那麼多了，趁著所有的車輛都尚未起步時眼明手快地直接來個U形大迴轉，輪胎在馬路上發出巨大尖銳的摩擦聲。

開到分局前面的時候，老大才剛跑到。

分局前，停著一台警備車，阿國仔上著手銬，正被警員從後頭押著走出分局大門，走向警備車。

行動中他看到了老大。

十五

老大佇立在分局前注視著程義國，撐開那把紅色的大傘。

阿迪笑了笑，對老大比出一個左輪手槍的動作，鑽進了警車裡。

天空中雨絲似乎又開始飄了下來。

AK00327

紅色降落傘

作　者——霍索夫
資深主編——謝鑫佑
校　對——謝鑫佑、吳如惠、霍索夫
企　劃——廖心瑜
資深企劃經理——何靜婷
美術設計——陳威伸

董事長——趙政岷
出版者——時報文化出版企業股份有限公司
一〇八〇一九臺北市和平西路三段二四〇號四樓
發行專線——（〇二）二三〇六六八四二
讀者服務專線——〇八〇〇二三一七〇五　（〇二）二三〇四七一〇三
讀者服務傳真——（〇二）二三〇四六八五八
郵撥——一九三四四七二四時報文化出版公司
信箱——一〇八九九台北華江橋郵局第九九信箱

時報悅讀網——http://www.readingtimes.com.tw
文化線粉專——https://www.facebook.com/culturalcastle/
法律顧問——理律法律事務所　陳長文律師、李念祖律師
印刷——紘億印刷有限公司
初版一刷——二〇二一年八月六日
定價——新台幣三八〇元
（缺頁或破損的書，請寄回更換）

時報文化出版公司成立於一九七五年，
並於一九九九年股票上櫃公開發行，於二〇〇八年脫離中時集團非屬旺中，
以「尊重智慧與創意的文化事業」為信念。

紅色降落傘／霍索夫著. -- 初版. -- 臺北市：時報文化出版企業股份有限公司，2021.08
面；公分.
ISBN 978-957-13-9147-2（平裝）

863.57　　110009710

ISBN 978-957-13-9147-2
Printed in Taiwan